天狗文庫

石涛

いのうえ やすし

井上靖 文集

［日］井上靖 —— 著

郭娜 —— 译

SEKITO

重庆出版集团
重庆出版社

版贸核渝字（2022）第204号

图书在版编目（CIP）数据

石涛 /（日）井上靖著；郭娜译 . —重庆：重庆出版社，2023.12
ISBN 978-7-229-18034-8

Ⅰ . ①石… Ⅱ . ①井… ②郭… Ⅲ . ①短篇小说—作品集—日本—现代
Ⅳ . ① I313.64

中国国家版本馆 CIP 数据核字（2023）第 189219 号

石涛
SHI TAO

[日]井上靖 著　　郭娜 译

责任编辑：魏雯　许宁
装帧设计：谢颖设计工作室
责任校对：李小君

 重庆出版集团 出版
重庆出版社

重庆市南岸区南滨路162号1幢　邮政编码：400061 http://www.cqph.com
重庆出版社艺术设计有限公司 制版
成都国图广告印务有限公司 印刷
重庆出版集团图书发行有限公司 发行
E-mail：fxchu@cqph.com　邮购电话：023-61520646
全国新华书店经销

开本：850mm×1168mm　1/32　印张：7.25　字数：132千
2023年12月第1版　2023年12月第1次印刷
ISBN：978-7-229-18034-8
定价：56.80元

如有印装问题，请向本集团图书发行有限公司调换：023-61520678

版权所有　侵权必究

目录 / *Contents*

结婚纪念日

唐木春吉的妻子加奈子过世有两年了。唐木春吉不过三十七，在男子中尚算年轻，也总不会就这样一直单着。于是，今年春天，就有人为着继室的事陆续找上门来说亲。

可春吉总说："这个，再看看吧。"

其实也只是不好拂了来人的一片好意，驳了人家的面子罢了，春吉自己是没有再娶的打算了。或许他此生都不会有再娶的念头，那就像是对亡妻加奈子的一种爱，之所以说像是爱情，而不说那就是爱情，是因为连他自己也说不清楚那到底是不是爱情。回想起与加奈子在一起生活的五年，春吉并未觉得自己有多爱她，说起来，那唠唠叨叨又不服输的性格反而时常让春吉感到郁闷。她的长相也实属平常，即便说不上丑，可春吉也从未觉得加奈子有多美，身上还沾染着几分工匠家庭出身的俗气，实在说不上有什么品味可言，这一点也是春吉最不满意的，就连加奈子那边的一众亲戚也不待见她。

"哥哥，你始终不愿再娶，是因为受够了加奈子吧。真是可怜啊！"

最小的幺妹曾对春吉说过这样的话，她是一个心中有什么便直言不讳的人。然而，这么想的似乎不止是妹妹，别说父母、弟弟妹妹，就连亲戚朋友们大约也都是这么想的吧。

说是受够了或许是真的受够了她吧。只是，不愿再娶不是因为受够了加奈子，莫不如说是内疚让他想补偿些什么。春吉以为，除了自己，不会再有人明白他的这份心意了。

"哥哥下次一定要找个普通人。不然，哥哥也不是多优秀的人，到时候结局会更悲惨。"

还是那个妹妹，不知何时又说出这样一番话来，这回是赤裸裸的讥讽。

在钱的方面，春吉可以说是极其仔细的，没必要的花销一分也不会用，就是该用的钱有时也舍不得花，可就是这样一个人，加奈子在他面前是绝对不遑多让的。她的节俭，有时就连春吉都觉得惊奇，加奈子不受亲戚们待见原本主要就是因为她这吝啬到家的性格。可说她吝啬吧，如若不是这般的吝啬，就凭春吉在小木材公司当个会计，这家计是决计操持不下去的。事实如此，就是想过得体面些，也很难体面得起来。所以，回想起自己与加奈子度过的那五年，日子绝称不上体面，有时候在外人看来或许就如妹妹说的那样还有些惨淡，不过春吉却没有为此对加奈子生出什么不满来。

细细想来，别说是不满了，春吉反倒是因为不相信还能找到像加奈子这般节俭的女人才对再娶的事提不起兴趣来的。加奈子那样俭省持家，若是这回来个不贤惠的，想要啥要啥的话，那加奈子显得多么可悲啊！在春吉心里，那真真是可悲至极的事了。

"我果然是爱着加奈子的。"

某个夜里，在自家公寓的房间里，当春吉送走一个又是来说亲的朋友之后，便在心中如是自言自语起来：一起生活了五年，至少在她弥留之际的那个晚上，我曾用炽热的爱情紧紧拥住了她冰冷的身体。用自己的体温去温暖那个惹人怜爱又独一无二的人，那不是爱情又是什么呢？

忽然，他的眼前荡起了奔涌的潮水，凝视着那潮水蓦然地就忆起了那趟旅行，那趟两年前谈不上开心，又说不上不开心的箱根之旅。

那是两年前的事了。那天，唐木春吉有些兴奋地从工作的小木材公司回到郊外的家中，打开门看到加奈子后，板起脸低声嘟囔了一句"中了一万块"，然后就在晚餐的餐桌前盘腿坐了下来，之后便摆出一副严肃的表情一言不发。乍一听到"中了一万块"，加奈子仍是一副不解的表情，原来是

M银行给有一千块定期存款的客户弄了个抽奖，结果在M银行开了六个户头的春吉居然中奖了，当知道是中奖的事后，加奈子立刻像换了一个人似的兴奋地大叫起来。

"中了吗？一万块！真厉害！"

之后，加奈子就一直喋喋不休地念叨着，仿佛一停下，此时此刻降临到自己头上的好运便会立刻烟消云散。而此时的春吉却被一种莫名的悲伤包围起来，看着反倒比往常消沉了些。突如其来的意外之幸还是令人难以置信，这一切会不会化为泡影呢？这让他不禁陷入了不安。中奖号码是他亲眼确认的，不仅如此，他还跑到银行窗口去确认了一遍，按理说铁定是错不了的。然而，这一万块在实实在在到手之前，春吉还是没办法让自己安然地沉醉在这种幸福之中。

春吉今年三十五了，在这之前，他从未经历过什么好运，也没遇见过什么好事，仿佛与它们是绝缘体，就连他自己也未曾想过将来有一天还能交到什么好运。

"五千存起来，五千拿去旅行。这样，花了五千还能剩下五千。"

加奈子说，住在这栋公寓里的人之中，只有自己连新婚旅行都没有过，从结婚到现在五年了，也没有一次弥补新婚旅行的旅行，每次一说到这个就觉得没面子。所以，突然从天上掉下来的这一万块，不管怎么说得先拿出五千来去旅行。如果两个人去箱根旅行一趟，再住上一晚，公寓里的那些女人不知道有多羡慕，肯定要议论的，要让平日在背后说我吝啬、说我抠门的那些人大吃一惊才好。加奈子就这样不切实际地幻想起来。

"旅行？就一晚还要花五千！愚蠢！所以说就不能让女人有钱。"

春吉有些生气，在他看来，加奈子那些得意忘形的算计亵渎了好运的神圣感。如此不逊的算计只会让好运溜走，好运就是这样的东西，总之得更加心怀谦逊才行。

"都还没到手，谁知道呢。少做这些无聊的白日梦了。"

"不是已经中奖了吗？"

"这个嘛，中是中了……"

"那不就是有钱了吗？"

"话是没错，但钱还没到手就想着四处折腾总归是靠不住的。"

"你真的是……"

加奈子有些不满丈夫这种不来劲的样子。如果丈夫拿到钱，会不会一分也不给自己，全拿去存起来？这么一想，加奈子又说道："都说抠门抠门，就我不那样认为，那是因为不省着点就真的过不下去了，可要是这次还像平时那样的话，我就不那么想了。"

"说谁呢这是……"

春吉不禁感叹女人怎会如此愚蠢，但也没再继续辩解争执下去了。距离兑现还有五天的时间，自己能不能在这段漫长的日子里经受住这种不安呢？他深深地陷入了复杂又难以捉摸的思绪之中，那里面交织着不安与期待。

然而，唐木春吉的好运真的如期而至了。他在银行窗口领到了一万块现金，这份好运明明白白是属于自己的了，一旦确定了，接下来要思考的便是如何花掉这些钱了。

春吉脑子里蹦出来的竟是和加奈子那夜一样的想法，先存五千，剩下的五千拿去旅行。平日里总是差别对待自己的同事们，还有说自己不懂事净数落他的某某亲戚，春吉的眼前下意识地浮现出那些人的脸庞，就是要让他们知道才好。

节衣缩食地过日子，好不容易才从公司微薄的薪水里抠出六千块来，正因为有了攒下的这六千块，才能在银行开了定期存款的户头，正因为有了定期存款，才有了这意想不到的一万块。即便花了五千还有五千，这下轮到我得意了吧。让你们好看。

春吉生平第一次，一边这样想一边有些得意地回到家中，接着从口袋里掏出十张千元大钞，一下子甩到加奈子面前，说："十五号的结婚纪念日正好是周日，周日周一这两天，我们就去箱根好好玩一趟吧。"

然而，加奈子只回了句"这样啊"，便心不在焉地发了会儿呆，然后把纸币分成两沓，眼睛一眨不眨地盯着它们，看入了神，"一晚上就要花掉五千，总觉得浪费了，从薪水里省出这样一笔钱来可不容易，干脆还是存起来吧。"

钱一旦到手，加奈子反倒没了这几天的兴奋劲儿，满脑子只剩下冷静的算计了。

"可这不是你说的吗？"

"是我说的没错，可一想到一直以来过得那么辛苦，怎么都舍不得花了，一晚上就要五千呢。"

"就算花了五千，不是还剩五千吗？"

"如果一分都不花不就有一万了吗，而且一晚上就没有了，还是太浪费了。"

"别这么抠门了，就是这样才会被人说三道四的。"

"爱说什么就让他们说去吧。"

那之后，两人又说了一会话，只是不管说什么，他们之间的气氛都显得跟平时不一样了，变得和谐起来。最后终于决定了，五千存起来，剩下的五千来个箱根两日游，就当这五千从来都没有过。

从吃完饭一直到睡觉，他们就没离开过这个话题。

十一月十五日是春吉与加奈子结婚五周年的纪念日。

那天早上，加奈子四点就起床了，在公寓楼下的伙房里叮咚哐当地准备起二人今天在箱根山上要吃的便当。

春吉说，偶尔出去玩一次，随便在哪儿吃碗盖浇饭就好了。可加奈子非说自己做点饭团带着，就不用花那么贵的伙食费了，不如把这笔钱省下来等到了酒店玩个尽兴。

最后，春吉也同意了，决定自己带便当去。于是，出发那天早晨，天还没亮，加奈子就在一片漆黑中从床上爬了起来。

其实，也难怪加奈子如此小心翼翼，生怕被别人发现。春吉与加奈子的箱根之旅已经成了整栋公寓热议的话题了。早在出发的数日前，加奈子就开始每天宣传她的箱根之行。二人的结婚纪念日眼看就要成为战后这栋公寓的头等大事了，这下反倒搞得加奈子自己不好意思了。

"明天就出发啰。""好好玩啊。"只要一踏出门，这些埋伏在旁的客套话瞬间就将加奈子团团围住了，其中不乏羡慕、嫉妒还有揶揄。

二人坐上了八点去沼津的火车，幸好车上人不多，春吉可以和加奈子面对面在窗边找了位子坐下来。

火车从一艘大船旁驶过，自那一带开始，车窗外的景色终于有了不同于城市的感觉，清新的空气中不染一丝尘埃，周边房屋的色调显得那么和谐，初冬的太阳带着一丝寒意就洒落在那些房屋上、道路上，还有山坡上的田地里。柑子树上结满了黄色的果实，把枝头都压弯了腰，还有挂满红果实的柿子树，明亮的竹林，稻草屋顶，身穿和服把手揣进怀里的农家孩子们，蓝色的大海，断崖，它们闯进加奈子的视线，又在一瞬间被甩到身后，渐行渐远。每一回，加奈子都在心中欢呼，她的视线没有一刻离开过它们，就这样一直望向窗外。

途中，车子停靠站点时，春吉打开车窗想买些柑子和汽水，可加奈子说："算了吧，还是别浪费了。"

对加奈子来说，即便没有柑子吃，没有汽水喝，也足够开心的了。那些东西也没法让现在的开心与幸福多增添一分。

明明就有五千块的，春吉虽然这么想但还是听了加奈子的话。其实他也不是因为口渴了想买，他不过就是想摸摸钱，毕竟除了火车票以外一分都还没花出去。

两人在小田原下了车，加奈子有些看不上那些没在小田原下车的乘客，看不上中还夹杂着半分怜悯。接着，加奈子用自己都觉得不可思议的奇特步伐在站台的楼梯间上上下下，那是只有去温泉过夜的旅客才能走出的步伐，最后二人坐上了去箱根的列车。乘务员、乘客、小卖部、小卖部的小贩，映入眼帘的一切在加奈子看来都是如此鲜明、鲜活，仿佛有了特殊的意义。

没多久，发车铃响了，那铃声简直令人心旌荡漾。加奈子的身体因过于激动而颤抖着，列车载着无上荣光朝箱根山进发了。

登山列车停靠在终点附近的小车站，下车的时候是一点，开往箱根的巴士还有一个小时才发车。于是，二人在车站前的小茶店吃了午饭。加奈子从红色富士绸①裹着的包袱里取出两份盒饭，只见海苔卷旁还配着红色的生姜和煎蛋。吃完这些，二人又拿出煮鸡蛋开始剥起壳来，这也是早上加奈子在公寓的伙房里做出来的。

加奈子想买那个店里的明信片，可春吉说："非要买的话在今晚住的酒店里买不是更好吗？"

"也是，如果那上面还印着酒店的温泉什么的就太好了。"

纪念品原就是打算买给公寓里的那些女人的，加奈子也觉得那种明信片最能达到理想的效果，便打消了在此处买的念头。

不过春吉倒是在那家店里的货架上发现了一排口袋装威

①1902年由富士纺织公司产出的一种丝织物，以缫丝后的角料为原料，质地粗糙、光泽度差。

士忌，便说着要买，结果加奈子却不同意，说：

"还是留到今晚的晚餐吧，今夜，我也要喝哦。"

结果，二人只付了那家店的茶水费，便上了去箱根的巴士，他们打算今晚宿在途中的温泉村，明天上午游览芦湖，下午再坐巴士途经十国峠前往热海。

如果一直坐巴士的话，那早早就能到今晚落脚的地方。所以，二人决定提前两个站下车，然后步行到酒店所在的村子。

他们在一处巴士站下了车，这里位于山背处，地处偏僻，四周连人家都看不到，什么也没有。路上到处都是散落的石块，二人紧靠着在难行的路上并排前行。这路一会穿行在杉木丛中，一会又忽地豁然开朗，沿着平缓的丘陵山腰伸向远方。

虽然寒风瑟瑟，可因为一直不停在走的缘故，体内产生的热量让身子很暖和。柔和的阳光就斜照在白色的道路上，还有并肩走在那条路上的两个人身上。

二人来到一处岔路口，一小片杉木丛的左右两边分成了两条路，春吉说山脚右手边的那条是近路，可加奈子却说巴士开过的那条路更近些。不管如何，这条路在经过数个路口后最后还会汇成一条路的。

"你走那边那条路吧，我就往这边走。"春吉说道。

"好啊，肯定是我先到。就算多了些弯道，肯定也是大马路更快。"加奈子如此回应道。

二人此时的心情既兴奋又愉悦，于是便定下了这个无谓的小赌约。

当春吉的身影即将消失在杉木丛的那一头时，从背后传来加奈子如同少女般的喊声，"谁跑谁就是耍赖哦！"

结果，加奈子自己却一路小跑地赶着，不久就来到了两条路的交汇处，这时，春吉还没有到。

加奈子在路边的石头上坐下来等春吉。然而，十分钟过去了，二十分钟过去了，还是没能等到春吉。

加奈子有点担心起来，就当是去迎迎他吧，她沿着春吉来的那条山脚下的小路反向往回走去。都走过五六条街了，这条路还是一直沿着山脚伸向远方，看不出丝毫变化。加奈子折返回刚才的地方，在那里又等了二十分钟。

回过神来的时候，太阳已不知何时阴沉了下来，起风了，阵阵寒风吹得杂木丛直晃。

"老公！"加奈子因不安而感到害怕，她把手放在嘴边做成喇叭状向周围大声呼喊起来，可是侧耳倾听，除了自己回荡在远方的回声，再没有任何回应了。

加奈子快要崩溃了，她沿着自己来时的路往回走去，当她回到与春吉分手的地方时，却瞅见春吉正竖起衣襟冷飕飕地站在那里。

"你到底在干什么?"

加奈子尖声叫起来,安心的同时,一股怒气也冲了上来。

"你才是,到底怎么了?"

春吉的语气亦带着一丝情绪。

一说才晓得,原来这两条路的交汇处离加奈子以为的那个路口还要远上数条街,而加奈子等的那个路口好像是与另外一条路的交会处。

"糊涂的女人!托你的福,可把我累惨了。"春吉说道。

原来,春吉没看到加奈子,就沿着巴士那条路折返回来,相当于绕二十条街跑了一圈。

"当初还不是你要干这种蠢事的。我才累好吧。"

加奈子也是一肚子火。

二人都是满身大汗,一停下来不动,就觉得有股逼人的寒气袭来。这二人一时间就这样,一边在路旁冷得瑟瑟发抖,一边如仇敌般愤然相对。

可一直这样僵持下去也不是办法,约莫过了十分钟,紧张的气氛逐渐缓解,两个人又拖着疲惫的步伐并肩朝下一个巴士站走去。此刻,他们凉透了的心里只剩一个念头,那就是到了酒店能舒舒服服地泡个热水澡。

听公司的同事说这个酒店也就马马虎虎吧，结果却比想象的要豪华许多。从踏入宽敞的玄关那一刻起，加奈子就莫名地发现自己再也无法保持冷静了。加奈子走过一条长长的走廊，走廊打扫得一尘不染，地上还溜滑滑的，仿佛一不小心就会摔倒。加奈子被领进走廊深处的一间房里，她抱着包袱径直走到窗边，一动也不动，只是痴痴地望向窗外近在咫尺的山背的山腰处。

加奈子自己也不明白心中升起的那份不安与忐忑因何而来，她只清楚地知道现在的她完全高兴不起来了。

"这里很贵吧，这么豪华。"

加奈子开口问向同样站着的春吉。

"不是说了便宜才来的吗？"

"说是便宜，总有个底限吧，毕竟这么豪华的地方呢。"

崭新的榻榻米、朱红色的妆台、紫檀桌子、过分华丽的坐垫、洋气的衣架，加奈子用猜疑的眼神环视四周。此刻，那些东西似乎正窥伺着自己，仿佛要从她的钱包里把她的钞票抢走。

春吉看穿了加奈子的心思，大方地说："咱们有五千，没问题的。"

"是没啥问题，可一半的钱就没了，也太贵了。"

"没办法，温泉旅行不都是这样的吗。"

春吉这么一说，加奈子一脸提不起劲的表情说道："不知怎地，我不想住了。"接着又撂下一句话，"老公，我们走吧，现在去说说应该还能走得掉。"

话音未落，加奈子已经走出走廊，丝毫没有给春吉留下任何开口劝说的机会。二人被一脸莫名其妙的女服务员送出大门，又回到了酒店门前的熙熙攘攘之中。此时的春吉不知为何也松了一口气。正因为松了口气，春吉也没再想过多地去计较加奈子失常的行为。不管怎么说，揣在他西装内兜里的那五千块现在成了花不出去的状态了。

"我觉得吧，好不容易到手的钱若是都给了酒店实在是太傻了。"加奈子说道。

听她这么一说，就连春吉也觉得那样确实是太傻了。

"可总要找个落脚的地方吧，总之先去箱根吧。"

"又不是非得花掉五千块，就找个再小点的，再可爱些的住处吧。"

恰巧在这时，开往箱根的巴士来了，二人坐上了车。大约过了二十分钟，如同大海般宽广的芦湖染上了一层冷冷的色调映入了眼帘。

加奈子睁大了眼睛说道："哇，好美啊，我们就住在湖边吧，有没有温泉都无所谓。"

二人下了巴士，可就在春吉坐到候车室的椅子上看到发车时刻表时，脑中忽然闪出一个念头，还有最后一班车，坐上它就可以回东京了。很快地，这个念头宛如膨胀的乌云一般在心中悄悄扩散开来。这回，是加奈子对兜里那五千块的执着开始在春吉的心中生根发芽了。他对加奈子说："干脆回东京算了。"

"可这也太可惜了，好不容易才来的。"

不知道是不是因为看见湖让心情也变了，此刻，加奈子的心情似乎也跟着舒畅起来。

"现在不就剩下晚饭跟睡觉了吗？"

在春吉看来，就为了在旅馆吃个饭睡个觉就要白白花掉那么些钱着实不是什么聪明的做法。

"说的也是。"

思量一番的加奈子也改变了心意，说道："回去也行吧。"

加奈子也开始觉得光吃个饭睡个觉就要花那么多钱委实有些浪费。住宿费可以拿去买毛线，还可以用来买木屐。

再等半小时，末班车就来了，这是最后一班能送他们坐上去小田原那趟列车的巴士了。只要坐上那趟列车，就能在小田原赶上十一点回到东京的火车。

既然已经决定了，二人的心情霎时也变得明朗起来。机动船上下客的地方有条栈桥伸向湖中，二人在附近的餐馆吃了碗热乎乎的乌冬面暖了暖身子便去桥上走了走。傍晚的湖面上一艘小艇都看不到，冷冰冰的湖面呈现出一片青黑之色，荡漾着细小的波纹。太阳落了山，风也刺骨起来，一旦决定要回去了，加奈子对周遭的风景也起了贪恋。

"这里也太美了吧。"

加奈子东看西看，连连感叹。

"不知芦湖的水温如何。"

说着她跨过拴在那里的游船下到岸边，特意蹲下来把手浸入湖水之中。加奈子的这一举动看在春吉的眼里就像学生时代的少女那般既幼稚又可爱。

两个人在巴士上吃了加奈子买的奶油面包，然后在小田原坐上了回东京的晚班火车。上了火车，从小田原一直到东京，两人都一言不发，各自合上双眼，将疲惫的身体倚在车窗上，那样子像极了两张丢弃的废纸片。从小田原到横滨，加奈子打了个盹，发出轻柔的呼吸声，而春吉从横滨到东京则是旁若无人地呼呼大睡，鼾声震天。

快到十二点了，二人终于爬上了公寓的楼梯。就像约好了似的，两个人轻轻地踩着楼梯，没有发出一点儿声响。

看着早上才离开的家，虽然寒酸却那么熟悉，他们两个人的心里充满了温暖与怀念。冷饭就着泡菜充了饥之后，两人就双双倒在床上，实在是太累了。就在那时，加奈子小声说："在酒店的时候对不起了。"

加奈子难得说这种道歉的话。

"可我们又可以多存一万块了。"

春吉正想说出来，却发现累瘫了的加奈子在下一秒已经睡熟了。

可春吉却不知是不是因为太累了，反倒睡不着了。就在迷迷糊糊即将入眠之时，春吉的眼前又出现了寒风中那条白色的背山小路，还有冷冰冰的湖水颜色，它们一会交替出现在眼前一会又消失不见，除此之外，再也没有别的了。

忽地回过神来，加奈子的身体已经冷得像冰一样了，那是一种无论做什么都无法挽回的冷。春吉紧紧偎着已经冰凉的身体，用自己的体温去温暖已熟睡的妻子。这个陪自己在箱根山中走过一遭的人，这个无论遇到什么都与自己一起战斗的守护者，让春吉体会到了今生都没有体会过的，让人难以承受的悲悯与伤痛。

石庭

鱼见二郎的新婚旅行选在了京都。

从高中到大学，他曾在这里度过数个年头，对他来说，这片土地可以说是他的第二故乡了。如今虽说那份热忱变得久远淡漠了些，可即便如此，那里仍处处散落着青春时代令人怀念的记忆碎片。他想和新婚妻子光子一起在久违了十数年的古都度过数日的时光，是的，就是那个安静的、埋藏着青春回忆的地方。

光子只是在修学旅行时曾在京都住过一晚，鱼见想带她去的地方还有好多好多。这回的时机也是极好的，京都的街市也好，包围着这座城的大自然也罢，一年中最美的时节就是十月初了。

鱼见想着至少要在京都待上五天，并依此安排了行程。结果却在光子的老家——四国的乡下耽误了数日，于是来到最重要的目的地京都时，只剩行程中最后的两天一夜了。到达京都那天已是晚上，这样算起来能完完整整待在京都的时间不过第二天而已，第三天一早就得坐火车返回东京了。那天晚上，二人在三座大桥不远处的加茂川边落了脚，在某个旅馆住下以后"明天带我去哪儿啊？"从昨天开始，光子的言语之间忽然多了几分亲昵。

"这个嘛……"鱼见一时无法回答，只有一天的时间，去哪里好呢？他也陷入了无法抉择的迷惘之中。

"与其带我四处转悠，还不如就去一个地儿，带我去一处能安下心来慢慢逛的地方吧。"光子说道。

鱼见也是这么想的，他想尽可能找处安静的地方，二人就像新婚夫妇那般肩并着肩走在京都美丽的秋色之中。鱼见望着眼前这个比自己小十岁，才刚满二十的年轻貌美的妻子，眼神中带着深深的怜爱之情，他开始在脑中搜索起让妻子满意的去处。洛北大草原也不错，如果让光子站到草原上那秋意盎然的大自然中，那她充满朝气又青春洋溢的姿态会有多美啊！银阁寺一带也不错，东山平缓的山脊线，红色的松林，流动的水渠，这一切定会让喜爱画画的光子两眼放光吧。

可就在翌日清晨，用过早餐，到了即将出发须得拿定主意的时候，鱼见极其自然地在心中做了决定。他要去的并不是昨晚出现在脑海中的那些地方，而是洛西龙安寺和它的周边地带，有些年头没来京都了，那个地方深深地牵动着他的心，那里除了古老与静谧，再没别的了。

时隔多年，那条路他多想再去走一遭，去看看仁和寺的茶亭，从仁和寺走过四五条街就是龙安寺了，看看龙安寺的石庭，然后悠然地漫步在有大池塘的寺院里。鱼见对妻子多少感到有点抱歉，他年轻的妻子似乎对庭院、茶室毫无兴趣。可一旦兴起了这个念头，鱼见便无法再改变自己的心意了。

二人离开旅馆，在四条河原町坐上出租车，车子开了二十分钟就来到了城西的郊外，继续又开了约莫二十分钟后，二人在仁和寺古老巨大的山门前下车了。

映入眼帘的一切在鱼见看来都是那么令人怀念。已经十三年了，这里什么都没变。起风了，还是从前的风。瓦顶泥墙壁上的那抹白，爬山虎缠绕的模样，无一不是一如往昔。仁和寺内空无一人。

"我们去看看辽廓亭吧。"

"辽廓亭是什么？"

"仁和寺的茶室。"

"这样啊！"

"完了咱们再走一会儿，去看看龙安寺的石庭。"

"石庭？"

"就是只有石头和砂砾的庭院。"

"这样啊！"

无论鱼见说什么，光子都开心地两眼放光，轻柔地发出欣喜的呼声。

寺务所的人领着二人参观了仁和寺后庭的茶室，倒让鱼见忆起了学生时代曾踮起脚尖轻轻踏入这小巧精致的房间时那份雀跃的心情。

出了仁和寺，有条路一直通向龙安寺。这条路已经走过好多回了，真是令人怀念。路上一个行人都没有，秋日里冷冽又清澈的阳光就洒在这条安静的路上。路旁的竹丛随风摇曳，鱼见和光子并排走在耀眼的风与光中，这在东京是无法想象的。

可是，自踏入龙安寺起，鱼见不知何时陷入了一个人的思绪之中。

"京都的郊外果然是美的！"

落在鱼见身后不远处的光子一边慢慢走着，一边欣赏着四周的风景看入了神。只是光子的声音在鱼见听来仿佛只是在飘渺的远方轻轻吹过耳畔而已。这趟新婚旅行已经过去一个星期了，在这个星期里，只有此刻，他的心没落在美丽的妻子身上。

"这里还有个大池塘呢。"

光子小跑着跟上鱼见，二人沿着池边，一起走向石庭所在的那一丈见方的小天地。

鱼见没有回应妻子的话，只在心中对自己说道。

就是这儿了！这里就是户塚大助揍我的地方！

鱼见的脸上浮上一层悲伤的阴霾，每当沉浸在一个人的思绪中，他总会像现在这样，嘴边的肌肉微微抽搐，那是往昔久远的苦涩回忆一下子向他袭来了。

也是在这儿，我抛弃了留美。

十三年前，也是一个秋天，鱼见二郎与户塚大助各自怀揣着心事漫步在这里。突然，二人不约而同地站住了。

"老实说吧，你到底爱不爱留美。"

户塚一副不容撒谎的表情问道。他一动不动地盯住鱼见的脸，让人感到无法动弹。鱼见和户塚都穿着学生装，上面的扣子都掉了，腰上还挂着帕子，脚上踩着带屐齿的木屐。他们都是高中理科生。

"说心里话吧，若是真的打心底爱着留美，我就把她让给你。从今天起，我休学回老家去，做个普通人。都说人生五十年，如果修行五十年，心里的痛苦也会被抹平了吧。"

鱼见没有回应，他知道户塚真的会因为自己的一句答复而休学。他是个言出必行的男人。

"想好了再说，如果你真是拼上了性命去爱她的话，我就把她让给你。可如果你只是随便敷衍她的话，那她就是我的了。我可是认真的。"

鱼见仍旧没有开口，他没办法贸然地回应什么。

鱼见是爱着留美的，可他却没有信心比户塚大助更爱她。他喜欢留美，想到会失去她，只是想一想，那种头晕目眩的打击就会让他感受到剧烈的痛苦。然而他却无法做到像户塚那样坦坦荡荡地告诉老家的双亲，说马上要迎娶留美。

去和老家的双亲说要娶留美，这件事光是想想就觉得可怕。何况真要结婚，对象也不可能是留美。这种事对他来说也太遥远了，仿佛永远不会发生到自己身上。

禀明父母就把婚结了，鱼见连想都没想过这种事儿。但是，他肯定是爱着留美的，失去留美让他觉得难以忍受。

"我爱她。"

感受到户塚正用炽烈的眼神注视着自己，鱼见终于鼓起勇气开了口。

"比我更爱她吗？"

户塚的眼睛死死地盯住鱼见的脸，继续用他的男低音追问道，那声音显得刚劲有力。

"或许吧。"

鱼见苦涩地回应道。

"或许？别来女人婆婆妈妈的那套。讲清楚！比我更爱她吗?"

"爱!"

鱼见边说边咽了一口唾沫。

"嗯。"

户塚的脸上瞬间覆上一缕浓浓的阴霾。他把帽子往后脑勺上一戴,深深叹了一口气,仿佛就是刚才深吸进去的一口气。

"好吧,既然如此,我就把留美让给你。你那么优秀,家里是地主又有钱,也不像我一样要喝酒。比起我,你是她更适合的结婚对象。也罢,我再也不会见留美了,这就回宿舍收拾行李。"

"也用不着休学吧。"

鱼见说完,心想这话会不会刺激到户塚,于是不经意地瞟向他,果然,他的表情变得有些可怕。

"你这是在怀疑我的真心吗?"

"你这个蠢货。"随着下一秒响起的吼声,一阵火辣辣的疼痛袭向鱼见的脸颊,接着便是持续而来的左右开弓,鱼见一边随着节奏左右摇摆,一边用双手护住脸的上半部,生怕伤到眼睛。即便是在挨揍,脑中也还残存着这点理智。

鱼见几乎没做任何反抗,任由户塚动手。因为他知道即便是反抗,论臂力,他根本不是户塚的对手。

鱼见与户塚的性格是截然不同的，可也不知是哪里投缘，在过去的两年半里，不管是在校园里还是校外的大街上，两人总是结伴同行。笔记本一起用，就连每月家里寄来的钱也像共同财产一样，没人计较谁用谁的，反正谁去邮局里拿到了钱就用谁的，也没觉得有任何不好意思。

　　户塚没参加运动社团，不过他在九州乡下的中学当过柔道队还有剑道队的队长，体格自然是很健硕的，性格也是豪放的，只是进了高中一下子就跟运动绝缘了。

　　柔道部、剑道部、竞技部，不少运动社团看中户塚强健的体魄，纷纷抛来橄榄枝，只是户塚从没松过口，"不读书才会变成傻子。不管怎么说，我与你们这些优等生不一样，中学什么都没学到，肚子里也没墨水，从现在起得好好学习才是。"

　　他的这番话把运动社团那帮人唬得一愣一愣的，如此看来，他与那些所谓的莽夫好汉还是不同的。

　　留美是四条河原町一个咖啡店里的女招待，那家店取了个奇特的名字，叫"BANG"，最先知道留美的是户塚，某天夜里，他来到鱼见房间，把鱼见叫了出来，"什么都别说，跟我去个地方，我带你去个好地方。"

　　到了"BANG"，户塚同时点了酒和咖啡，他把咖啡端到鱼见面前，自己一个人喝起酒来。

"怎么样，还不错吧？"

鱼见立刻明白他话中所指，那些如同金鱼一样游弋在场子里的女招待中，只有留美一人最引人注目。

留美时不时会转到鱼见这桌来服务，一会又转到其他桌去了。其他女招待都穿着华丽的和服，只有留美一人身着洋装。当留美转到自己这桌来的时候，鱼见觉得自己变得恍惚起来，他小心翼翼地不让户塚发现自己颤抖的手，狠狠地吸了一口烟。

户塚一言不发，只是目不转睛地盯着留美的脸看，只要她一转到别桌，就开始狠狠地瞪着那一桌子的客人独自喝起酒来。

这二人同时迷上了留美。他们想方设法把钱都筹起来，每晚流连于"BANG"。

还不到半个月，这二人就成功地把留美约出来一起散步了，一个月后，便发展到可以去她在北野的公寓里坐坐的地步了。

两个人都为了留美神魂颠倒。

"她比想象的还要节俭呢，午餐一个烤面包就解决了。"户塚这么一说，"是啊，这一点确实是不错。"鱼见也由衷地感叹。

"她虽身在欢场，却保留着真诚，我最中意的就是她的这一点了，身上交织着两种不可思议的美。"

"我……"

她的个性，她的姿态，她的一切的一切，在户塚和鱼见看来都是那么美好，那么优雅，深邃得令人回味。

户塚与鱼见因留美开始产生嫌隙是认识留美一年后的事了，那是三年级的一个秋天，还有半年，就要告别高中生活了。

户塚和鱼见都暗自去跟留美表白了。于是，二人得到了同样的回复，"除非跟我结婚！"

不管是谁，留美似乎只想选要与她结婚的那个人，留美的这种想法在二人看来有些难以捉摸，但也能看出留美刚烈的一面，她厌恶逢场作戏的恋爱，似乎曾在过去那样的恋爱游戏中有过几段令人心碎的情伤。

一旦对方没有做出明确的抉择，那这就成了两个男人之间的事了，留美究竟归谁，他们必须要做出一个决断。

"好久没一起散步了，一起出去走走吧。"那一日，户塚把鱼见叫了出来。二人在北野下了车，从那里步行前往龙安寺。也没有谁特意提出来，两个人自然而然地就走到了石庭。那一天，预示着即将入冬的寒风第一次呼呼地刮了起来。

逛完石庭，两人沿着前方古老的石阶拾级而下，就在走完最后一阶石梯后，二人开口谈起了留美。

事后想起来，鱼见也觉得不可思议，懦弱的自己为何会在户塚面前明明白白地说出自己爱留美。

在那天之前，鱼见一度以为自己不得不对留美放手了，怎么看也是户塚对她的执念更深，可以为了她不顾一切。而且，对留美想结婚这事，自己都还没想好，也没有把握真的能与留美结婚。加之尽管因为留美与户塚有了些嫌隙，但鱼见仍没忘了与户塚之间的友情。他对户塚有着一种，与对留美截然不同的感情，或许可以说他对户塚的感情比对留美的还要深。因此，鱼见也想过自己最终会退出这场爱情的角逐吧。

所以连鱼见自己都觉得不可思议，自己就这样冷酷地，残忍地放弃了自己的朋友，如此果断。

脸颊左一下右一下地挨着，鱼见心想，就让一切做个了断吧，他抱着这个想法不住地左右摇晃着。

那天夜里，鱼见没回宿舍，住进了银阁寺附近的亲戚家里，住了三天。第四天一回宿舍，发现户塚果然收拾好包袱回老家去了。

那之后又过了一个多月，户塚的退学申请寄到学校来了。户塚退学的流言就在学校传了开来，鱼见对此闭口不谈，就连留美也没说。

第二年，鱼见上了大学，之后便与留美同居了。

就在这龙安寺里，还有鱼见的另一段回忆。

是鱼见眼看就要毕业的那个三月初，那时，他与留美已经同居了整整三年。

那次，留美忽然说有话要说，提出来想出去转转，于是就去了龙安寺。他们也知道两个人的关系到了该摊牌的时候了，都一脸严肃，沉默不语。那一天，他俩踏上了石庭的走廊，那样子就像是纯粹出来打发时间似的。接下来的三十分钟，二人默默地坐到石庭的檐廊下，不发一言，只见美丽的白色砂砾上摆着数个石头，两个人就一直望着那些石头。

二人出了石庭，寺里的樱花尚还有些时日，两个人就这样前后保持着半米左右的距离，漫无目的地闲逛着。

那一刻，鱼见对留美的感情已经冷却到了冰点，他无法忍受留美的没有教养，还有她的性格，包括那里面所有的一切，他都开始觉得厌恶。大大的眼睛也觉得没气质，娇滴滴说话的样子也让人腻烦。鱼见简直不敢相信曾经的自己竟会对她那样着迷。

留美清楚地知道鱼见的心意，但三年的同居生活让留美在身体上，在心灵上已经种下了某样东西，让她再也离不开鱼见了。

同居之初，留美老是责怪鱼见还不娶她，其实那个时候，留美就已经对结婚死心了。结婚只是形式上的问题，比起这个，更现实的问题让留美陷入了无止境的不安之中，那就是自己变得无论如何都不愿被鱼见抛弃了，仅仅只是这个想法已让她精疲力尽。

但那天的留美与往日有些不同，她想，如果鱼见对自己的感情已然不在，如果那份感情再也回不来了，那干脆就从鱼见身边离开吧。留美根本没有自信离开鱼见还能活下去，但也只能努力看看了，权当自己是死了吧。

鱼见的大学毕业已迫在眉睫，如果注定要有个了断，那长痛不如短痛。

"说实话吧，不用有什么顾虑，也不用觉得我可怜，我只想知道你的真实想法。"留美如此说道，"说吧，到底还爱不爱我。"

"……"

又来了，鱼见这样想着，仍默不作声。三年来，这样的对话已经重复了数十回，数十遍了。可鱼见无论如何都没法大声地说出不爱两个字。如果能说出口，那就不是人，是魔鬼了。

当然，那也是鱼见的痛处。两人共同生活的这三年是如此地沉重，这份沉重紧紧地困住了他的心，连自己都束手无策。

"爱，还是不爱？……罢了，不问这个了，这样的问法或许太好听了，还是问点更直白的吧。是厌烦了吗？如果厌烦就说厌烦，说吧，是厌烦了吧，点头或摇头总可以吧。说吧，烦了吗？"

鱼见看着留美的脸，那么苍白，较真的模样与往日大不相同。

鱼见望着留美的脸，想着豁出去也罢，然后，他清清楚楚地说出了口："厌烦！"

那语气连自己都深感意外，以至于说完之后，鱼见大吃一惊，这句话就这样不由自主地脱口而出了。

"是这样啊。"

留美的声音异常安静，然而，一种前所未有的无情与残酷，黑压压地席卷了鱼见的心。

留美小小的樱唇血色顿失，变得就像鱼肚白似的，惨白得可怕，就连鱼见都能清清楚楚地感受到这种变化。

"小心！"鱼见迅速伸出双手，扶住留美，霎时留美整个人的重量都压到了他的手上。

"还好吗？"

留美微微睁开眼，起身离开了鱼见的臂弯，然后就那样蹲在地上，不一会便站起来转过身去，拖着蹒跚的步子跟跟跄跄地离开了那里，自始至终没有再回头看鱼见一眼。

鱼见心想，终于结束了！在这之前，熟悉的场景不知重复了多少回。只是这一回有些不一样了，那么真实，能感受到二人惨淡收场的结局。

总之，到此结束了！鱼见再一次在心中说道。残忍得可怕的那些话是从软弱的自己口中说出来的，觉得那都不像自己了，鱼见既感到难以置信，也觉得有些如愿以偿了。

那天，鱼见实在没心情回到与留美共同生活的公寓，两处，三处，他在朋友的住所轮流住了几天，某天夜晚，他踏上了公寓的楼梯。

房里黑着，鱼见一开灯，留美总是挂在墙上的衣服，那些穿的都不见了。

从此，鱼见再也没回过那个家。

在很长的时间里，那段不堪回首的记忆从来都没有从鱼见的心中抹去，可他也没再去探寻过她的下落。

鱼见也曾听说她在大阪的心斋桥做女招待，不过，听到这个消息的那天晚上，他喝了点酒，然后，忘却了。

鱼见想起了在过去的人生里，堪称重大的两件旧事。

不管是哪一件，多少都让人心痛。第一件是户塚大助过世的事。听说他回了九州的老家，一直到战争结束前夕都在一家酿酒公司当社长，过着意气风发的好日子，这还真像是他的风格啊。可在战争结束后，他就病逝了。

另一件就是再也没有听到留美的任何消息了。

时隔多年，鱼见又一次踏上龙安寺石庭的古老檐廊，就像曾经与户塚大助，与留美那样，他与光子并排坐到了宽宽的檐廊一角。

"哇，这庭院真不错啊……"

光子只丢下了这么一句话，然后就默默地看着这庭院入了迷。

说是庭院，其实就是地上铺满了一层白色砂砾，然后在中间放置数块石头罢了，只是这洁净朴素的庭院中蕴藏的孤寂之感总能打动来客的内心。那已经不是一句美丽，一句好看可以形容的了，而是某种更高层次的精神世界。

"我们走吧。"

光子突然说道。那时，光子的脸看着多了几分苍白，鱼见还在想是不是因为看久了闪着光的白色砂砾，把眼睛给看花了。

自踏入龙安寺，鱼见因久远的回忆变得有些阴沉冷淡，可一踏出龙安寺，漫步在有瓦顶泥墙的古老小道上时，他又恢复了一如昨日的那种明朗幸福的心情。

想想如今的自己只有幸福了，年轻貌美的妻子正走在自己的身边。

光子比留美还要漂亮许多，有教养，有气质。他们是相亲结的婚，结婚有十天了，现在的鱼见已经完全被这个年轻的妻子迷住了。

鱼见也曾为留美着迷，但这回与那时不同，是更沉稳，更平静满足的爱情。

"我有些累了。"

光子说道。她几乎总是落在鱼见身后一二米远的地方。

光子走路的样子确实看起来有些疲惫，鱼见时不时回头看看她，感受到心中喷涌出来的炽热爱意。光子的疲累，自己作为丈夫也是有责任的。他时不时停下脚步，温柔地等待着这个因自己受累的惹人疼爱的小东西。

很明显，光子的话越来越少了。

"哪里不舒服吗？"鱼见问道。

"没有。"

光子就只有这么一句话，可她的表情明显是正在忍受着某种痛苦。

鱼见本打算慢慢走到北野后再打车回去，但这下，他改变了计划，先在龙安寺道坐上了电车，然后在北野下车后又打了个车回去。

回到下榻的旅馆，光子的精神好像恢复了几分。

"对不起，难得带我出来玩，可我……我就一个人待在旅馆里，你自己出去逛吧。"光子说道。

鱼见时隔多年回到京都，想去的地方还有好多，在旅馆里消磨半日实在有点……于是他决定下午独自外出。

鱼见去东山七条拜访了恩师K博士。年轻时处处关照自己的K博士看着苍老了许多，都快认不出了，但言谈之间仍是神采奕奕，与从前没有任何改变。

老博士打了两三个电话，把鱼见的同学S与M也叫了过来，最后经不住热情相邀，在博士家用了晚餐才告辞，那时已经快九点了。

回到旅馆，光子人已经不见了。不知为何，踏入房间的那一瞬间，莫名有一种不安的预感袭上心头。

鱼见发现在房间一角的桌上放着一封信，他慌忙拾起来，就那样站着拆开了信。

我曾想做你的好妻子，去规划我们未来的幸福生活，可终究还是无法如愿！

其实从举办婚礼一直到昨天，我都以为我可以做到，被你爱着的心也觉得特别踏实。

但是，今天，你带我去了龙安寺的石庭，就在我瞪大双眼沉浸在它不同寻常的孤冷之美中时，不知为何，我竟讨厌起自己来，讨厌自己的妥协。我的内心传来一个声音，不能就这样算了，不能就这样妥协。那个寂静的、只有石块与砂砾的庭院，让我摆脱了自己的懦弱，让我变得异常强大。这个园林大师只用石头与砂砾造就的庭院，我感应到它在精神上的深深的呼唤。

或许对我来说，与你在一起是最幸福的选择。但即使会变得不幸，我也要自己决定未来的人生。最后，曾谈过几次恋爱的事，还有一直以来没能对你坦诚相告的事，我想深深地说一句抱歉。

信上就只有这几句话。当然，自那一晚之后，光子再也没有回来过。

死・恋・浪

一到九月，且不说白天，早晚的东京让人骤然感到暑热消散，而入秋的寒气则忽地透过衣物渗入到下面的每一寸肌肤里。纪州还有纪势西线也陡然凉意四起，地处那一带尽头的半岛南端有一座 K 城，到了那里，明明才早上七点，眼前一望无际的大海仿佛流动着的油墨，呈现出深蓝色。海面上的波纹反射出耀眼的光芒，就像四处散落的鱼鳞，这下倒让杉树在季节上显得慢了一拍，仿佛倒退了一个月。

　　听说昨晚在胜浦住的温泉酒店就叫南纪酒店，我顿时想起来，这里本是一个神户贸易商的别墅，后来经人转手改装成了酒店，听说在报纸上大肆宣传就是从这个春天开始的。这栋建筑乍一看洋溢着潇洒的欧美风情，就像一块奶油蛋糕，虽不是特别大，但由东向西托着一面有名的大岩壁，传说是海盗曾经住过的地方。不可思议的是，这酒店矗立在一处不高的小山丘上，反而给人一种沉甸甸的稳重感。前面是声名在外的熊野滩，中世纪风的老式尖塔丝毫没有被面前粗犷辽阔的风光风景比下去，远远望去，它就像是镶嵌在那里的宝石，时不时在夕阳下闪耀出神奇的光芒。

杉千之助被领到了二楼一间能看到海的客房，他将包和帽子放到桌上，就立刻前往酒店大厅去了，大厅面朝大海，并且是朝外突出去的。杉从酒店望向有三四百米远的大岩壁，它就像一面屏风一样屹立在那里。突出海面的丘陵几乎被垂直拦腰截断，裸露在外的巨大岩石饱经风浪的冲刷与击打，仍屹立千年万年不倒。

上午的熊野滩呈现出一片平静的靛蓝之色，只有巨大的岩礁四周泛起了白色的浪花。击打岩礁又四处裂开的波涛之声飘向远方，就连那些杉树都能听得到。

哇，那地方看起来不错。

杉这么想着，眼神再也没有离开过大岩壁的最左端。那里的岩壁上长着几棵松树，上方从容地飞翔着四五只不知名的小小海鸟。

突然，鸟儿在那里翻了个身，忽又垂直向下飞落了数十米，然而却在岩壁正中间的位置撞上了正好突出来的一块岩角。之后，它便在空中翻了个跟头，一边描出平缓的弧线，一边落入正卷起漩涡的潮水中心，那是在离白色浪花四溅的岸边还要更远一些的海面上。

这里真是不错啊！

杉终于放下心来，他还是第一次发现如此满意的死亡之地，一切尘埃落定，他不由得点了一根烟。

杉再一次望向险峻的黑褐色岩壁，不知是个什么小物什出现在他的视线中，正沿着岩壁下落，一度在途中稍作逗留之后，又拐了个小小的弯儿继续弹跳着向下落去。

杉在心中对自己说，那就是自己吧，只不过也没觉得那有多可怕，也没有浑身战栗的感觉。

或许在撞到岩壁之前，就已经昏过去了吧。失去意识的生命体，也就是一个物件了，也会在空中划出那样的物理曲线。闯入死亡就像几何学那般干净利落，还带着几分竞技般的明快。

如此甚好。

杉从大厅回到自己的房间，打量起这个地方来，离自杀还有三天，应该就会在这里过了吧。这里有大小两个房间，大的那间有床、桌子和椅子，床铺上的被褥枕头什么的看着也整洁，床还是弹簧床，睡着也舒服。再看看隔壁那个小房间，是浴室。房里的窗户很敞亮，南面的窗户、东面的窗户都能看到大海，房间里写着热水只在早晚规定的时间才供应，若是早晚要外出就只能算了。杉试着拧开了水龙头还有淋浴的蓬头，竟意外的是冷水。

罢了，二战后的日本酒店都要求完善这些设施，或许这个要求也是勉强了些。

之前领着杉来客房的那个服务生又来了。

总觉得他哪里还透着一股学生气，是不是暑假来打工的学生呢，一问果然如此。说是想上东京的大学，现在一边做着服务生一边准备考试。

"这里还有其他客人住吗？"

"有，昨天来了一个客人。"

"只有两个客人的话，这酒店开不下去的吧？"

"这里本就是为了四五年后的外国游客修的，目前还没怎么经营。"

服务生一边说一边递过一张卡片，杉拿起钢笔开始草草地写道：

杉千之助　三十七岁　杉商事社长

预计住宿时间　三日

地址　东京都品川区大森山王

旅行目的_____

"还要写旅行目的？"杉停笔问道。

"可以不用写，只是上面有这么一栏。"服务生接着又说，"刚才，我去请另一位客人填卡片时，她也问了同样的问题。"

服务生把手中的卡片递到杉的眼前。

"这是法语吧，不知道是不是填这个让她不高兴了，就用洋文写的。"

"用法语写的?"

"是的，不是英语。"

杉接过那张卡片，扫了一眼另一位客人留在上面的笔迹，是用钢笔写的，一手秀气端正的楷书，一看就是女生的字迹。

辻村那美　二十三岁　无业

预计住宿时间　两日

地址　东京都杉并区高圆寺

旅行目的　MORS

杉吓了一跳。

MORS，这不是法语，是拉丁语，这个词的意思就是死亡。是的，肯定是死亡的意思。

杉倒吸一口冷气，就在刚才，他自己都无法在旅行目的那一栏写下"死"这个字，因此此刻的他，就像是突然被看穿了心思似的。

"是个年轻女人吧?"

"是的。"

"写的是出来旅行的，是旅行。"杉解释道。

待服务生离去，他明白了一件事，为了求死到这里来的人除了他自己还有一个，而那个人也住在这个酒店里。

然而，杉的内心并未掀起多大的波澜，究竟是个怎样的女人呢，也没有特别想去瞧瞧的想法。事到如今，别人的死跟他毫无关系，那不过就像是飘过一朵小小的云彩，或是溅落一朵小小的浪花罢了，它们就像是一种自然现象，离杉渐渐远去了。高中时代当知道自己落榜时，也未曾对别人的落榜有过丝毫的关心，懒得去管别人的事，杉的这一点倒是与这个如出一辙。谁要死，就去死好了。他自己何尝不是如此，既是要死就去死吧。现在的杉对一切都失去了兴趣，冷漠得可怕。

杉在楼下的餐厅早早地解决了午餐。这趟出来不可思议的是，他总是很早就会醒来。在这之前他每天至少都要保证八个小时的睡眠时间，这已经是他的一种习惯了。可自从远离工作，下定决心要去死后，不知为何，只睡五个小时也觉得脑子特别清醒，而且早上一到时间自然就会醒了。

今天早上是如此，在胜浦的酒店也是如此，五点就醒了，用过早餐，也没有特别赶就坐上了最早的一班火车，七点抵达木本后，又马不停蹄地来到这里。

肚子饿得不行了，也是因为今天早上的早饭吃得太早了吧，已经等不及午饭了。

杉一边品着饭后的咖啡，一边透过玻璃窗望着远方的岩壁。就今明这两天吧，去那里走走，亲眼看看现场的情况。虽然连这个也觉得甚是麻烦，但毕竟是自己在这世上做的最后一件事了，权当是对它最后的热忱了，还是先去那里看看吧。

从餐厅回来后，杉从他的高级波士顿包里拿出一本外文书，那是从东京大学图书馆借来的鲁勃洛克的《东游记》。这一本是1900年拉丁文版的英译本，已经看了三分之一了，他还在三分之一处夹了一张纸，今明两天大概就能把剩下的看完吧。看完这本书，杉千之助在这世上该做的事也就做完了。他啪地一下合上最后一页，走出房间，朝岩壁的方向踱去。死亡正在等待着他。

这时，杉的脑海中闪过自己的背影，又瞬间消失了，接下来，他渐渐被拖入那些历史潮流的旋涡之中，十三世纪的十字架、占星术、蒙古包、巴尔哈西湖、鞑靼人、死亡、饥饿、冒险、高尚的精神，它们是那样的令人不可思议。

晚饭时分，杉在餐厅靠窗的一张餐桌前坐下之后，服务生过来了。

"只有您二位客人，所以能不能请您跟另一位女士拼桌用餐呢。"

"我不介意。"杉答道。

不一会儿，杉对面的座位上就摆好了另一套餐具，很快，一位年轻女士走了过来。

"不好意思了。"

"请坐吧。"

杉第一次打量起这位在旅行目的一栏填上"死亡"的年轻女子，卡片上好像写的是二十三岁吧。她的样子看起来既冷漠又冷静，高傲且对杉毫不在意的模样怎么看也比她写的年纪要年长两三岁。

长长的睫毛下有一双乌黑发亮的眼睛，那双眼睛透过杉斜后方的窗户望向大海。一眨不眨的双眸透着几分孩子气，不过在杉看来，这模样也称得上是美人，或者说是美少女吧。

汤端上来了，杉拿起勺子开始吃起来，可等杉把碟子里的汤都喝干净了，她还在望着大海出神。浑身上下闪烁着光芒的只有她的双眸，当下一道菜端上来的时候，她仍然一动不动，对服务生的种种行为没有丝毫的反应。杉顿时明白了，原来，她并没有在看着什么。

"是的，她在凝视着死亡，她在看的只有死亡。"

端上来的三盘菜都吃完了，终于，杉开口与这位卡片上叫作辻村那美的同宿者打起了招呼，"小姐，菜要凉了。"

话音未落，她眼睛一转，一脸惊讶地看着杉，只见她宽宽的额头，还有一头披肩的浓密卷发，戴在脖子上的那枚小石头散发出冷冽的光芒，是钻石。此时，她嘴唇微启，像是要说什么，可下一秒又合上唇变回了冷漠的模样。当看见杉拿起啤酒杯正准备小酌一口时，她也唤起服务生来，"也给我来一杯啤酒。"后又改口道，"不要啤酒，来杯威士忌，兑苏打水的。"

说完拿起勺子，慢悠悠地开始吃起来，一举一动都优雅极了。

"景色不错吧。"杉说道。

杉并不是出于什么礼节才与她搭话的，在他眼里，这位年轻女子看起来连一柄勺子的重量都难以承受，看着颇让人心疼，所以至少要让她开心地吃完这顿最后的晚餐，说起来既是一种慰藉，多少还带着几分讽刺。卡片上写着住宿日期是两天，而她昨天就应该住进来了，那么或许就在今夜，她就要做个了断了。就在刚才，当意识到她正注视着死亡的那一瞬间，杉就开始在脑中盘算起这些来。

"是很美。"

年轻女子稍稍抬了抬头回应道，并且像是意识到了什么似的，将视线投向了窗外的风景。这一回，她的双眸是真真切切地看向了夕阳还未迟迟落下的大海。而大海就像进入了每天的休眠期，一片死寂，平静得毫无波澜。

"可我，今晚就要离开了。"

年轻女子平静地说道。杉在心里想，果然如我所料。下一秒，"去哪儿？"

杉不经思考便脱口而出，当意识到自己这句话的含义时，又立刻改口道："不好意思，失礼了。"

杉看向那美，而那美也正惊讶地盯着杉，然后，那美丽的脸庞逐渐换成了另一副表情，显得敏感又有些紧张。

"问个去处有什么好失礼的？"

那是一种丝毫不容敷衍的语气。

杉沉默不语，他想，一心求死的人为何会如此敏感、紧张，失了谦恭与优雅可真真是不讨人喜欢。不过，我是不会变成那样的吧。

"你……"那美正要开口。

"是的。"

杉打断了她的话，他知道接下来她要说些什么，于是，杉残忍地、冷冷地吐出了这个字"MORS"。

果然，她的脸上血色尽失。

杉觉得事情有些麻烦起来。临到这种时候还与毫不相干的陌生人生出这种冲突，真是对不住了，此刻，他只想扔下那位年轻的女子立马溜掉，然后一个人待着。

杉正要从位子上起身，"看过了吧，那张卡片？"

那美丝毫不理会杉的心情，挑衅地说道。

这回，杉也没有回应，他想说的是，你是生是死，于我没有所谓。

那美板着脸孔，带着挑衅的表情把头一转，已经比杉先一步离席了。

然而，已经离开的她中途又折返回来，对杉说道："我希望你别来妨碍我。"

"我不会阻止你，人都是自由的，哪怕是选择死亡的自由。"

"你真是这么想的?"

"当然。"

"谢谢。"

那美礼貌性地点点头就离开了。这一次，她是真的离开了餐厅。餐厅有一部分空间被屏风隔成了休息室，里面有沙发，那美就走进了那间休息室。

现在就剩杉一个人呆坐在那里了。他看到那美中途有一次离开了休息室，像是回了一趟房间，回来的时候手上多了一个小包。

突然，从休息室传来《假面舞会》那热情优美的探戈舞曲。

真好听。

杉陶醉在乐曲中，脑中忽地闪过一个念头，听完这首曲子，她会不会就如她自己说的那样"要从这里离开了"。

曲子结束了。

果然，如杉所料，她的身影出现在了屏风那头。

杉回头望去，正好与她的眼神不期而遇了。那美本打算径直离开，忽又改变主意朝杉走来，"感谢你陪我吃了这顿最后的晚餐。明天早上，我的朋友可能会来这里找我，我之前打过一封告别电报给他，如果他来的时候你在的话，不好意思，我想劳烦你替我转交给他。"

说着，那美从包里拿出一朵假花，是红色的玫瑰。

"如果你的朋友没来呢？"杉问道。

"那到时候你就扔掉吧。"

"这样的话，那好吧。"

接过那朵假的红玫瑰，两瓣三瓣，杉用手指摆弄起来，然后下意识地凑到鼻子跟前，这是假花，怎会有香味呢？意识到这一点的杉看向那美，不由得露出一个微笑。

那美没有笑。

她一下子转过身去，仿佛是对这个微笑的回应。

"你可以在窗边看我。"

她径直朝门口走去，离开了餐厅，再也没有回过头。

杉明白了，她一定是误解了刚才那个微笑，或许是把它当成了对她的一种蔑视吧。可不管怎样，对于一心求死的人来说，那种事应该也不重要了。想到这里，那股袭上心头的不快也跟着消失了。

　　杉拿着那朵假的红玫瑰离开了餐厅。中庭终于陷入了一片暮色之中，这里的莲蓬干长得像倒立的扫帚，四周处处点缀着白色的荷花，就像散落的纸屑。杉在那儿瞧了好一会才上楼去，先在卫生间洗了洗因几杯啤酒下肚而变得通红的脸，然后回到了房间，又突然想起假玫瑰还放在卫生间的架子上，便又去卫生间拿了回来放到桌子上。

　　这时，杉突然想起那美留下的最后那句话，他走到酒店大厅，点起一根烟，望向夕阳下的大海。他看到一个小小的人影正朝东南方的岩壁走去。那身天蓝色的衣服告诉他，没错，那人就是那美。

　　那个走着的年轻女子或许是故意背对着自己的，还真是无趣。

　　日暮时分的大海真是宁静啊！那是熊野滩之夏的黄昏之景，一片风平浪静。可或许不久之后，一位年轻女子的生命即将就此陨落吧。就在很快的，不久之后……

　　不同于感伤，一种落寞袭上心头。

　　想死就去死吧，反正我很快也会去死的。

杉回到房间，打开桌上的台灯，翻开放在那里的《东游记》，就像年轻女子沉醉于那首《假面舞会》的曲子，杉也走进了很久之前那些旅者的内心。还有四十页，这个就像读小说一样老也看不完。

然而还不到五分钟，杉就再次被完完全全地拖进了十三世纪的西域，拖进了那些奇异的风土人情之中，身心皆是。

杉的父亲声名在外，在金融界是被誉为铁腕银行家的人物，也给杉留下了巨额财产，然而对杉来说，活过的这三十七年就是如何挥霍败掉这些家产的人生。

期间也曾经历过日本战败后的混乱时期，那个时期颠覆了从前所有的一切。不过还没等到战争结束，杉就差不多败光了那些据说是三代都败不完的巨额家产。比起惊愕，他反倒觉得还能活到现在就已经是了不起的事了。

话说回来，倒不是因为杉成日沉迷于酒色，那些财产本也没有多到能供养十个二十个妻妾或是成天花天酒地的地步。虽不知道背后有没有一两个情妇，但明面上杉一个女人都没有，别说这个了，就连妻子和孩子都没有。

他也不是特意想过单身生活的，只是一直单着也没觉得哪里不好，于是就这样一直单着活到了三十七这把岁数。大学朋友们都众口一词地说他，他们孩子都生了两三个了，为什么单单就他还一个人守着那个大宅子。等杉意识到这个的时候，就已经变成这般光景了。

杉那样一个人居然能花光巨额家产，要说的话，只能是因为倒霉了吧。杉的性格也未必不是当实业家的料，只不过他干什么赔什么，干什么赔什么，总之不知道为什么，就是不走运。

仗着年轻，造船公司、化妆品公司、制药公司，杉全都干过，当时还曾备受金融界的关注，都看好他成功的话，简直前途无量。可那些都无一例外地，彻彻底底地以失败告终了。

只要是杉干的，不论大事小事，到最后总能不可思议地一败涂地，不幸总是如影随形，或许这就是杉神奇的宿命吧。

就在杉的巨额家产差不多要见底的时候，战争结束了，然后所剩无几的身家又被抛洒了出去，仿佛一具尸体被啃噬得骨头都不剩了。

即便如此，使劲搜刮搜刮多少还能再刨出点钱来，于是，杉把余下的那些钱尽数投入了炭矿事业，也不是鬼迷了心窍，就是为了东山再起想再赌上一把，这次他完全违背了父亲生前让他万万不可染指矿业生意的训诫，结果自然也应验了父亲的话，又是一败涂地。

为了挽回这个生意，这一年他四处奔走，多少想拉点赞助，这也成了杉千之助失败人生中的最后一搏。然而官吏的贪污事件成了大丑闻被曝了出来，一下就断送了杉千之助的所有前程。

眼看内部的各种调查就快就要查到自己身上了，他比谁都知道事情的严重性。杉已经探明他那匹山的炭矿储量了，这一回，里面埋着的那些光想想都觉得恐怖。杉一个人没那个实力，不管是不是出于自愿，他当起了牵线人，多方斡旋，他们掺和的那些事一旦曝光，估计得霸占各大报刊的整个版面。

当知道一切都完了的时候，杉还算干脆地就选择了去死。虽然他既称不上正直，也算不上能干，但作为年轻的企业家，他的清廉，洁身自好，还有他良好的教养，在业内都有很高的评价。无论何时，杉千之助这四个字就让人觉得如沐春风。然而，这一切即将彻底破碎，取而代之的将是一身的污名如同身上的斗篷一般紧紧困住自己，一想到这个，杉就觉得难以忍受。

虽说决定去死了，可也没什么事需要先去做个了断的。杉既没妻儿，又没兄弟姐妹，连这些善后的身后事也省了，况且钱也花光了，到最后无非就是查到他身上，暴露出公司的巨大亏损罢了。

就在下定决心要死的时候，杉想，这世上可还有什么念想吗？结果，他想到的竟是从高中时代一直到现在都没读完的那本鲁勃洛克《东游记》里写的趣事。

　　杉自己也觉得奇怪，怎么会在这种时候想起了《东游记》。可一旦想起来了，又生出一种连自己都惊叹的无限怀念，反倒开始觉得之前怎么就一直没想起来呢。仿佛是求死的决心将杉从这十几年的社会生涯中彻底剥离开来，一下子把他拉回到二十岁，变回了高中生。

　　离开东京的那一日，杉拜托在大学当社会学讲师的朋友从学校图书馆帮他借来了这本书，他打算读完这本书，就寄还给朋友，然后应该就会结束这一生了，结束这如今看来只有仓促与匆忙却了无乐趣的一生。

　　从东京辗转到京都，去看了学生时代十分惊叹的西芳寺苔庭，然后又经大阪去了和歌山，在那里坐上了纪势西线。

　　选择在纪州了结一生也没什么特殊的含义，只是依稀记得曾在报纸还是书上看到过，黑潮会把那些自杀者的尸体送到寻不到的地方。

　　在潮岬住了一晚，在胜浦也住了一晚，在潮岬是听店老板说来这里寻死的基本都是来殉情的人，不知为何就不想死了。加之又介意这里的海岸岩礁特别多，一想到自己的尸体会被冲上那些岩礁就觉得讨厌。

在胜浦是从房间的二楼看去，海面上尽是渔船，就像漂着的玩具船。发动机的声音终日响彻海湾。在这里，比起想着怎么去死，更会让人想着怎么去活吧。

杉来到 K 城，终于找到了令人满意的求死之地。长长的海岸铺满了小石子，一个人影都看不到。亮得晃眼的荒凉海滩也没有任何船只进进出出。杉只看到深不见底的青蓝色海水，不管是什么，一旦投入它的怀抱，就再也上不来了。

杉合上《东游记》站起身来，是什么声音？那显然不是波浪的声音。推开窗户，果然是雨，一股夜间的湿冷气息，夹杂着海岸的清新之气一下子吹进了房间。

一看表，九点半。

杉关上窗户，换上睡衣，点上一根烟在椅子上刚坐下来，便听到似乎有人在敲门。

竖起耳朵一听，又好像没声了。过了一会儿，两下，三下，这回听得真切，是敲门声。

杉往门口走去，"谁？"

一边问一边转了门把手，推开门，一个人就站在门外的阴暗处，仿佛是故意躲在那里的。

"谁？"杉又问了一次。

"是我。"一个微弱的声音传来，接着，"别看，我没穿衣服，身子是光着的。"

下一秒就听到她的哽咽声，没过多久，"我，没能去死。"

颤抖无力的声音回响在杉的耳边。

虽有些唐突，杉还是抓住了躲在门后暗处那女人光溜溜的手腕，那肌肤还湿湿的，水珠就从她散落的头发上滴到了杉的手上。

杉用双手抱住她的肩膀，只两三步的距离，就将她带到了屋内灯光可照见的地方。

杉觉得这样着实有些过分了，确实，面前的是一具湿漉漉的胴体。头发紧紧贴在脸上，身体微微颤抖着，像是在抽搐，与之前在餐厅里看到的那个年轻女子仿佛有着天壤之别。

女子低着头，身体僵硬，任由杉摆布着，可当意识到自己已暴露在灯光下之后，"啊！"

她一声低吟，在杉的双臂中挣扎起来。脖子上的项链也随之断裂飞了出去。

"待着别动。"

说完，杉放开女子走回房间，进浴室一打开水龙头，已经没热水了。没办法，他只得取下挂着的毛巾回到门口，"用这个擦擦吧。"

杉边说边递过毛巾。女子抬起雪白纤细的胳膊接过毛巾，过了半晌，用稍显平静的声音问道，"能不能借件穿的给我？什么都可以？"

杉站在那里想了一会儿，然后去包里把换洗的短裤与衬衫拿了来。

"不好意思了。"

那双纤细雪白的胳膊又将衣服接了过去，说话的声音既可爱又谦恭，与在餐厅的时候简直判若两人。

女子穿上偏大的衬衫，挽起袖子，又穿上偏大的短裤，走进了房间。这一回，出现在杉面前的那美又恢复了黄昏下那副高傲的表情，不过不知道是不是那身衣服的缘故，竟让她透着一股少年感。

"我，没死成。"她忿忿地说道。

"知道，这不正站在这儿吗？"

"坐吧。"

杉指了指椅子，自己坐到了床上。

那美坐到椅子上，继续用毛巾擦着她的头发。

"有一点请你别误会，不是我不想去死了。"

"这都是你自己的事。"

杉沉下脸来，说道："我才不会去做说教之类的事。"

"我这个人，说了也不会听。"

与方才在餐厅相比，杉此刻的心情放宽了许多，那美的话在他听来也不过是磨人的孩子在撒娇，十分可爱。

那美不是正用毛巾擦着没干的头发和脸吗，何时又用来抹眼泪了，这反倒让杉莫名地生出怜悯之心来。

"如果没有遇到你，我是可以去死的。就是因为遇到了你这种冷酷的恶人，才妨碍了我。"

她带着几分抗议的语气说道。

"冷酷？"

"难道不是吗？明明知道我要去死，不但没有一句好言相劝，还用那种蔑视的眼神看我！你真是世上少有的大恶人。"

那美紧紧地盯着杉说道，眼神里充满了厌恶。

"我也不是那种让我别干就会放弃的人，只是……"

"只是会怎样？"

"本来是想死的，就是因为遇到了你才被搞砸了，一想到有人正冷眼瞪着我自杀，那就没法去死了。"

原来如此，或许是这样吧。可杉想，若是换成自己或许会不同吧。

"托你的福，今晚我还得在这儿住上一晚，想找你借点钱，就一晚的房费。之后我让妈妈还给你。还有这衣服，让我穿到明晚吧。我的钱和衣服都扔海里去了，当时，我对自己说再也回不去了，于是就那样做了。然后在那里淋了两个小时的雨，到底还是不行。"

那美说着说着也忍不住了，用毛巾捂住了脸，压抑住自己的哽咽，让杉觉得有些不可思议，他注视着眼前这个年轻女子，只见她白如雪的脖子上透出一抹红晕，美极了，宛若一层淡淡的胭脂。

"究竟为何一定要去死呢？"

"有那样的理由。"

"是吗，应该是有吧。我也是！"

"啊！"

那美抬起头，杉也意识到不知何时，自己生出了想宽慰那年轻女子的心思。

"我也打算去死，是因为有不得不去死的理由，而你，不一定非得去死吧，若非如此，也不会那般在意别人的事。"

"我失恋了。"

"爱情！"

杉没有笑，只是撇了撇嘴。

"就因为那种事就要去死……"

"那你为什么又要去死？"

"我，因为名声毁了。"

说完，杉第一次体会到污名这个词的意义所带来的恐惧，事实上，除了去死，他已经无路可走了。

"名声毁了！"

那美看向杉的脸，似乎并不懂其中的含义。

"不懂爱情的人是不会明白失去爱情的痛苦的。"

那美的嘴边第一次浮现出一抹笑意，虽是带着自嘲的笑，但杉觉得那表情很美。

"我去开个房，今天就告辞了。"

"钱呢？"

"明天过来借。"

"说什么借，给你了，多少都行。反正我也要去死了，钱也带不走。"杉说道。

那美一走，杉拿起放在她椅子上的毛巾，重新把它挂回到浴室的毛巾架上。这张带着死亡气息的毛巾上微微透出一股华丽的女人体香。

翌日清晨，杉像往常一样早早地就醒了。

离早餐还有些时间，杉打算跳海的那面岩壁上长着松树，他想先去那里走走。杉穿着酒店的和服与木屐，那木屐上还印着大大的酒店标记。沙因昨夜的雨变得有些湿重，杉踩着沙向延伸至海面的台地方向走去。不知道是不是阴天的缘故，今晨的海看着与昨日不同了，阴冷、黯淡、消沉。即便如此，犹如飘着厚重油脂的海面上卷起了平缓的浪花，一波又一波接踵而至。

杉估摸着从一座小神社旁开始往上爬，只有这里看着有条路通往岩壁，这条路是条石子路，坡度也大，但一直伸向远方。

爬上岩壁，脚下的风景变得畅快辽阔起来，阵阵波涛声从深深的岩脚下猛然向他袭来，那是无数浪花击打岩礁又四处散去的声音。

这里比在酒店大厅里看到的更有气势，甚至要可怕数倍，而此刻他就站在这处绝壁上。

仅仅是想到自己丑陋的照片会上报，杉就有了从这里跳下的勇气。除此以外，恐怕再没什么能让他从这里纵身一跃了吧。

杉看好地形，又沿着来时的路走了回去。下到沙滩边，杉向大岩壁的岩脚方向转去，那里并排立着无数岩礁。岩礁与岩礁之间荡起的浪花卷起数个漩涡，绿色的海藻在这些漩涡之间若隐若现。杉就站在那里，望着那孤立傲岸的波纹，一时间竟看入了神。海藻那一抹鲜艳的绿看着已非这世上的色彩，与暗褐色的岩石壁形成了鲜明的对比，竟有种不可思议的美。

就是这里……

杉大吃一惊，那是他从未想过也从未见过的美丽幻境。

在那里，正横陈着一位美丽女子的白皙胴体。

杉不知道那美纵身跃向了何处，总之把这一带选作了断的地方或许也是因为若要给身体寻个最终的归宿，那这岩石与岩石之间用潮水铺成的床就是一处无与伦比的绝美之地吧。如此想来，怎么看，浩瀚大海的这一处灰暗角落都符合那年轻女子的喜好。

早餐时间，杉出现在餐厅，但是没看到那美。一问服务生，说是早上醒了一次，打电话说早餐要等到十一点再吃，那之后或许又继续睡去了吧。

杉想，一定是昨天那件事让她睡了个够。

杉把钱装进信封，又在一张纸片上写了几句话一同装了进去。那钱别说是一个晚上了，住一个月都够了。杉拜托服务生午饭时把这个交给那美。

房资附上，无须归还。

为了你，也为了我，今日就不要见面了。

我想一个人安安静静地看会书。

其实，杉不想因那个年轻女子再有任何的烦扰了，他只想在今天与明天的这两天里，心无旁骛地让自己沉浸在那个梦幻的世界里，那是一个八百年前的世界，就在东方与西方之间处处点缀着小小湖泊的那片土地上。

那天傍晚，杉是把晚餐叫到房间里来吃的，正用着晚餐，就见那美门也没敲，一阵风似的推门冲了进来，面色有些苍白。

"让我在这里躲一下，他来了，来找我的。"

说到这里，那美倒抽了一口气，双眼空洞无神。

杉真是烦透了，感觉以后都不想再与她有任何瓜葛了。

"我再也不想见他了，那个人和我妹妹找到这儿来了。我是无论如何都不会见他的。那个人，是他亲口明明白白地说已经不爱我了，那种人，我还能再见他吗我……"

她说的都能听懂，只是显得有点语无伦次了。

"先坐下吧。"杉说道。

"你不想见的那个人来这个酒店了？"

"是，我无意间一打开窗户就看到他走进了酒店的大门，手上还提着个蓝色的波士顿包，然后又看到我妹妹也跟在他身后。我一着急就给服务生打了电话，让他无论如何都不能把我住在这里的事情说出去，之后就来你这儿了。"

接着，那美又开始说起来，"那个人说，他已经不爱我了。他就是当面这样对我说的。他怎么能这样对我……"

杉已经不想再听她说了，在那之后她又不知所谓地喋喋不休了许久，杉一个字也没听进去。

杉一边抽着烟，一边看着日暮下的大海，安静地听之任之，除了等她自己冷静下来，也别无他法了。

一个小时过去了。酒店的庭院里有一条石头砌成的小路一直延伸到海边，一对年轻男女的身影映入了杉的眼帘，他们正沿着这条又急又陡的小路下到海岸边。只见男的身着白裤子配衬衫，女的穿着竖条纹的连衣裙，两人脚下穿的都是木屐。二人手挽着手漫步的样子，叫谁看都是一对情侣。

辽阔天空的西南一角已被夕阳染红了，天边飘着几朵透着红晕的云彩，像一条条线，细细的，它们排列在一起，描出一条犹如规尺画出来的直线。

在那染红的天边下是被染红的一片海。

当杉忽然回过神来，那对年轻男女不知何时已经在海边的一处沙滩上坐了下来，那里正对着杉的窗户。杉看着他们，正觉得他们的举止有些反常时，下一秒，那二人已经紧紧相拥在一起了。

正好在那时，那美从椅子上站了起来。

于是，在自己都还没来得及反应的一瞬间，杉已迅速地把手伸向了遮光帘，布制的遮光帘猛地就降了下来。

那美狠狠瞪着杉，一会又挪开目光平静地问道："为何要关上？"

说着再次把目光投向杉，问："为了保护我？"

这回，她的话里充满了冷漠与尖锐。

"什么保护，没有的事。"杉说道。

那美刚才应该没有看到窗外，只能说年轻漂亮的女人那近乎病态的直觉真是令人恐怖。

杉松开遮光帘，心想随你的便吧。随着吱吱作响的声音，遮光帘升向窗户的上方。

看着她望向窗外的样子，杉这回不再看着窗外，而是有些不怀好意地盯住了她的脸。

那女人的眼睛直愣愣地盯着窗外的某处，表情变得有些僵硬，手也随之不自然地抚上太阳穴，就在那时，她嘴唇一撇，身子忽地向后倒去，下一秒，椅子也跟着倒在地上，发出一阵声响。

哎呀，杉立刻用双手横抱起倒下的那美，将她放到了床上。

看起来是突发脑贫血，虽然脸色苍白如蜡，但杉觉得应该没什么大事。

那天夜里，杉合上书本，把毛毯往地上一铺，就那样躺了上去。

睡觉的时候，杉有些担心，便一直看着那女人的脸。她睡得正香，发出规律的呼吸声，那声音很轻，而此刻，从眼睛滑向耳朵，她安静美丽的脸庞上还留有未干的泪痕。没多久，躺在毛毯上的杉听到餐厅传来的音乐声，正放着假面舞会的唱片。休息室就在杉这个房间的正下方，窗外传来年轻男女的欢笑声。

杉瞥向床上的那美，这一回，她的眼睛睁得大大的，侧卧着望着房间的一个角落发呆。

还没到正午，那些年轻的男男女女都回去了。可那美就一直窝在杉的房间里，直到那两个人回到酒店。

"那个人很花心，是教人跳舞的，可我就是喜欢他。不，他那样花心……"

她现在看着倒是冷静下来了，只是大多数时候，都是一个人在发呆，看起来十分孤独。

"他们是来认领尸体的，看着那两个人欢天喜地的样子，我也算明白了。估计在我尸体被发现之前，那二人权当是沿着纪州开心地旅行吧。这种事恐怕在学校，在妈妈那里，还有在任何书上都是学不到的。"

杉看出来了，昨天之前还一心求死的决心，到如今分明变成了一种困惑。对于自己的愚蠢，她简直是哭笑不得。

这般年轻貌美的女人，活着多好。杉想，人无论何时都该为了活着而努力，只是我不同罢了。

感觉那美不再钻牛角尖了，杉觉得她想通了的老实模样看起来颇为惹人怜爱。活着多好，她的身上没有一丁点儿要去死的理由。

"我去趟新宫，给你买身衣服，你那个样子也回不了东京吧。"杉说道。

那美对杉的话既不点头也不摇头，就只顺从地回了一句"我同你一起吧"。

从K城到新宫要坐五十多分钟的火车，杉决定为了眼前这位年轻的同宿者牺牲自己午后的阅读时光。

《东游记》只剩最后二十页了，留待今夜还有明天也是绰绰有余的了，能在死去的前一天，花上几个小时去拯救一个年轻女人的生命也是好的。

这里没什么高档货，不过倒有适合那美穿的白衣服，一穿上在裁缝店买的洋装，那美立刻变回了那个朝气中带点野性的少女。

她的身上再也看不到死亡那苍白的影子，也不再是餐厅初遇时那副惹人不快的老成模样。

"要不要买这个领带？"

那美在一家洋货铺前停下了脚步，杉一看，是男式领带。

"我不需要。"

"这话你打算一直说到明天吧。"

"是。"

"就算是在那之前收拾收拾也不错啊。"

那美的声音传到杉的耳中，竟显得格外温柔动听。杉买了那条领带。

"我给你买双鞋吧。"杉说。

"好啊。"

那美的眼睛开始放光。

"那这双袜子呢?"

"也不错，好漂亮。"

"这个帕子?"

"我想要。"

"那个腰带?"

"好棒啊，肯定很配我这件衣服。"

杉就这样一个人买买买，而那美对杉递过来的所有东西都欣然笑纳。

真的跟昨天不一样了。

杉边逛边开心地给那美买买买，这些怎么花都是小钱，自己的钱还没花出去多少，杉对此有些不满。

晚餐是在新宫最大的饭店里吃的，二人抵达K城的车站已经是晚上九点了。

夜风中裹着一丝潮水的味道，疲累不堪的两个人默默地迎着海风，沿着海边昏暗的小道，朝酒店的方向走去。

忽然，那美开口问道:"明天，真的要去死吗?"

原本已经忘了死这个字带来的那种感觉了，可这下杉又被那种突如其来的沉重感包围起来。

杉没有说话，他想就这样一笑而过吧，可终究还是笑不出来。

那美继续追着问道："你现在没什么想要的吗？"

"没有吧。"

"爱情呢？"

"那个……"

"你看，就说嘛，最想要的还是爱情。"

那美说话的样子就像一个死乞白赖要玩具的孩子。

杉被那美的话给问住了，如今自己想要的究竟是什么呢？也没什么特别想要的，如果非要说的话，是女人吧。杉心里想，谁都无所谓，只要能让自己在今晚愉悦的精疲力尽中酣然睡去就行，说得直白一些，他想要女人的身子，纯洁白皙的那种。

"你在想什么呢？"那美问道。

"老实说，现在在想什么呢？"

那个瞬间，杉忽然就开始想，要不要把自己正在想的事说给她听呢？从跟那美的相处来看，这种羞于启齿的事好像也不是不可能的了。

"在想女人的，身子。"

正说着，杉感到头顶有流星划过，不知为何，他变得认真起来，仰起头看向那片洒满星星的夜空。

那美的房间在楼下，杉与那美就在酒店楼下的走廊处分了手。

杉一进房门就立刻进浴室冲了个澡。

走进房间，刚才开的灯怎么不亮了，杉把手伸向了书桌上的台灯。

"别开灯！"

是那美安静低沉的声音。

杉吃惊地朝那边看去，窗户没拉窗帘，借着窗外透进来的微弱光线能看见床上朦胧的一片，等眼睛逐渐适应后，那美雪白的上半身出现在视线中。

"快回去。"

杉一边说一边不客气地走向床边，打算制止那美这出恶作剧，然而就在离床还有两三步的距离时，他站住了。

一头浓密的卷发散落在被褥上，玉体横陈，那张安静的面庞说不清是性感的魅惑还是无知孩童的天真，从臂膀到乳房那白皙丰腴的肉体，还有在微弱的光亮下起伏的喘息，这一切让一直过着禁欲生活的杉如同发作一般浑身颤抖起来。

清晰的波涛声在杉的脑中回响着，他将自己的手搭上了那美的肩。

杉一度在拂晓时分冷冽的月光下醒来，那美睡得安静极了，连呼吸声都听不到。此刻，她平静的表情与数小时之前犹如殉教者一般充满情欲的模样判若两人，一想起这个，就让杉感到一阵心痛。又白又细的两只胳膊摸起来凉凉的，在他脑中起伏的回忆，多少拯救了他。

当杉再次醒来，那美已经不见了，只剩他一个人躺在床上。

桌上留了一张小纸条，压在《东游记》的下面。

为了你，也为了我，今天我们还是不要见面了。

今天我想一个人静静，我给你的，那不是爱情，而是交易，权当是对那些礼物的感谢吧。

那一整天，杉都没有去见那美。

晚饭后，伏案一个小时，杉终于读完了最后一章，读完了鲁勃洛克僧人自1246年从法国至遥远的贝加尔湖畔长达九年的冒险旅行。

杉从古代一个异国僧人创造的宝库中回到了现实世界，他想，这下再没什么念想了。

杉与这个比马可·波罗还早一个世纪的旅行家一起走过了这趟蒙古包之旅，这是杉在这三十七年的蹉跎人生中做的最后一件事，也是最奢侈的一件了。

杉去酒店楼下的办公室结了账单，又回到房间将包搁到桌子上，那里面装着还没用完的十万块，包的旁边放着给让村那美的一封信，还有包好的《东游记》，是还给东大那位朋友的，而那封信很简短，只有几句话。

我从辁辒之旅回来了，接下来，我要踏上另一段人生旅程了。钱，还有其他东西，就请你看着办吧。

漆黑的夜晚，星星却很美。杉走出中庭，离开了酒店，他踏上石子铺成的小路，下到海边的沙地上。

死亡也并没有那么可怕。人不可能原地踏步，无处可去的人最终只有这一条路可走而已，杉朝岩壁的台地上走去。十分钟后，他开始沿着神社旁的那条小路向上爬去。

上到台地，杉点了几支烟，站在之前就看好的一棵大松树下。

这里再往前五六步，有块直径一尺见方的石头，石头很平，用它作跳台，纵身朝前一跃，一切就都结束了。

只等下定决心了。

杉在心里对自己说道。

杉不想一直站在这片黑暗之下，他受不了这种因不安、惶恐而崩溃的感觉。

杉离开松树，前进了五六步，真的有块石头。他踩着那块石头，从上衣口袋里拿出一根烟点上，手有些微微发抖，以至于迟迟无法将烟递到嘴边。

杉丢掉烟立起身来，忽然，眼前浮现出那美那张脸，她正闭着眼，看起来冷漠又美丽。那一刻，杉的脑海中闪过一个念头，应该再见一面那美的，或许这是他一生中无法挽回的最大的失策了吧。

杉呆立在那里，冷静清醒的大脑思绪万千，几乎就是在那个瞬间，他意识到了对那美的爱。

我不想死！

杉生平第一次生出这个念头。

杉退回到松树下，崩溃一般瘫坐下来。

是谁站在那里，杉察觉到似乎有人，于是看向右手边的黑暗深处，却是空无一人。

那美！

杉情不自禁地喊出那美的名字，仿佛那一声脱口而出的就是对那美的爱情。

而此时从右手边的黑暗之中传来的呜咽之声竟如此清晰，分明有人在靠近。

"我，是不会阻止你的。"

是那美的声音。

杉站起来，用手探向那美靠近的身体，然后紧紧拥住了她，双手因自己都无法言喻的感动而颤抖。

"你怎么会在这里？"杉问。

"若你跳下去了，我就跟着你跳下去，若你要活，我就跟着你活。"

"我必须得死。"

"无所谓，生也好，死也罢，我都随你。"

那美一边将泪湿的脸庞埋进杉的胸膛，一边喃喃低语道。

"我必须得死。"

杉又重复了一遍。

"我在报纸上都看到了，就在今天早上。"

"是吗？"

不可思议的是，杉的内心没有因为那美的话掀起任何波澜。

"有人说名声这东西不过就是一个又一个的误会罢了，污名也是如此吧。若你要为了那污名放弃自己的生命，我也不会挽留，就像当初你没有挽留我一样。"

"我要活下去。"自离开东京以来，杉从未有过这样的念头，而此时此刻，这句话正在遥远的，遥远的，望不到尽头的那一头闪闪发光。

石涛

仿佛就是去年吧，那是碌碌无为的一年。我是未年①生人，黄历上说这一年会诸事不顺，不论做什么都止步不前。为此，我也不由得变得有些消极，不过最后倒也没遇见什么特别添堵的事情，算是无功无过、平平庸庸地过去了吧。

　　对了，去年是丁未年，那今年五月的生日一过，我就真的满七十三了。谁都不会再说我年轻了。不过我觉得现在也没有哪里不好，我享受着短途海外旅行，就连酒量也没见退步，只是以后这酒怕是得少喝了。虽说想着要少碰酒了，可就是管不住自己。每天入夜，完成工作后，我总少不了要倒上一杯威士忌，这已经是三十多年的老习惯了。没有工作的时候，我也会去银座一带小酌。不管怎么说，酒，从今年开始一定要少喝了。

　　是啊，是我老了吧。老去这件事情是不可避免的，尽管我想权当自己没有老去，可这事实终究无法辩驳，我必须承

① 天干地支中的十二地支之一，生肖为羊。

认我的身体都在老去，说的大概就是过敏之类的事了吧。

刚才才说着去年一年没发生什么特别的事儿，其实，我的身体已经开始出现过敏的症状了。在这之前，我是完全不知道过敏为何物的，去年却为此遭了罪。最初不知道是不是因为前年年末去巴基斯坦旅行，在一个叫拉尔卡纳的乡下小镇留宿时被虫子叮了，叮咬的地方变成了米粒大小的黑斑，还总是发痒。仿佛就是从那时起，身上便慢慢开始有了过敏的初期症状。不过，我一点也不想把过敏的所有罪责都归咎于巴基斯坦的小虫子，说到底终究还是因为我老了吧。

话虽如此，年纪大了其实跟过敏没什么直接关系。年轻人、幼童中也有过敏体质的人，通常他们受到食物、花粉、气味的刺激，局部皮肤就会发痒，一挠周边的皮肤也会跟着大面积地痒起来。但是，我的过敏似乎与那些刺激并无关联。即使没受到刺激，全身皮肤也有可能随时会出现过敏的症状。要我说的话，还是因为我抵抗力下降，渐渐衰老了，跟那些巴基斯坦的小虫子又有何干呢？去年我第一次尝到了过敏的滋味，真是痛苦的经历。

那之后又发生了一件奇妙的事，这回跟年纪大了没什么直接联系，但又不能说完全没有关系。

一幅石涛的画突然闯进了我的生活，他的画令人惊叹，真是太棒了。日本人推崇石涛的画作，日本应该还有他的许多其他作品在流传，我眼前的这幅算不算得上是其中的上上之品不得而知，但也应该能称之为佳作了。我并不知道它是不是很久以前就开始在日本流传，抑或是才来到日本的，但想来不太可能是才来的，所以它应该很早就被带入了日本，并在某个收藏家的土窖里长眠了许久，又落入商贾之手，最后辗转来到了我家。

问题就在于这幅画是如何来到我家的。去年三月初，我去参加在市中心某个酒店举办的聚会，聚会结束后又去银座的两三个酒吧里坐了坐，结果一回家就发现客厅的桌上放着什么东西，用宽布包着，我一眼便认出那是一柄卷轴。夜已深，家人都已入寝，究竟是什么东西我也毫无头绪，姑且先解开包着的宽布，打开老旧的卷轴盒，盒盖上写着"石涛湖畔秋景"几个字。我立刻将里面的东西取了出来，果然是石涛的画。虽一时无法辨别画的真伪，但不管怎么说，只一眼我便知道那就是石涛的画。

客厅没有挂卷轴的地方，我拿着它走进旁边的房间，这里是我的书房兼卧室，我把画挂到走廊的墙上，石涛独有的笔触与风韵勾勒出湖畔汹涌的岩滩，那景象萧条而落寞。

我将画收入盒中后便上床就寝了，可刚刚映入眼帘的那湖畔岩滩的风景却始终挥之不去。我索性起身，再次将卷轴从盒中取出，像刚才那般重新挂到廊壁上，又转身去厨房将威士忌、玻璃杯，还有冰箱里的冰块一并取了来。

我坐到廊下的椅子上，一边品着加冰的威士忌一边欣赏起石涛的画作，真是棒极了。既然是湖畔，倘若是石涛居住的扬州一带，那这湖应该就是太湖了吧。我不知道这画是谁带来的，或许是有人想托我就这幅画写点什么，又或许是有人想让我出个好价钱收了去。确实是个好东西，只是现在的我还没有宽裕到能收下这幅画，我对着石涛的画，心中被这些思绪牵引着。真是久违了的良宵，我回味着这美好的夜晚，丝毫感受不到时光在深夜里的流逝。

对了，对了，我的过敏症状似乎就是在这时发作的，不对，又好像不是在此时。到底是先有过敏症状还是先有石涛的画呢，大约它们是同时到来的吧。

且不说这个，第二日清晨，我向家人询问石涛画轴的事情，结果谁都不知道有这个事儿，只有妻子说了一句"这样说来，好像是田中在玄关收了一样什么东西"。

妻子口中的田中是每日下午来帮忙的年轻助手，今日田中一来，我便先问了他画轴的事。

"哦，那个啊。"田中说来人留下一句话就走了，说是下周一再来取走，这几天让我先鉴赏鉴赏，还说那人约莫七十岁，个头不高，瘦瘦的。田中知道的就这些了，至于那人究竟是生意人还是普通人，怕是也多问不出什么来了。石涛的主人说会在下周一来取画，大约还有三天，我在这三天的时间里，数次取出画来，给家人欣赏，还给来客展示。本来，到此为止也没什么特别的，可说好要来取画的人却迟迟没有现身。于是，这就变成了一个麻烦。别说是周一，十天过去了，一个月过去了，田中口中那位个子不高的消瘦老人都迟迟不见人影。

石涛来了约三个月，多少让我开始觉得是个负担了。不管怎么说，寄放的东西说到底也是代人保管之物，有时候也会觉得那像是硬塞给我的麻烦。我甚至想质问他，"你把这样的东西扔到别人家里又迟迟不来拿走，难道不觉得很失礼吗？"可惜我连质问的对象在哪儿都不知道，只能是无可奈何了。

某个夜里，我微醺地回到家中，看到搁置在书房书架最高那层上的石涛卷轴，不由得对它的主人气从中来，可奇妙的是，我又很想打开那个画轴。只要我把画挂到书房的廊壁上与它相对，我的心就会平静下来，焦虑的情绪也消失了，我甚至想就这样永远地看着它。那荒凉的湖畔风景中定有什么东西牵动着一个七十岁老人的心，让人心旌摇曳。

那时，我的脑海中又浮现出那位个头不高的消瘦老人。那是个夏日的夜晚，刚进入八月不久，我想着是不是要为那位老人作一场盂兰盆会的法事什么的。有这样的想法是因为我在心里已经擅自笃定这位老人已经不在人世了。那日，老人来到我家，将装有石涛画轴的盒子交予助手，约好周一来取后就离开了。他当时定然也是想要遵守约定的。他离开我家，往大马路的方向走去，走到路口的红绿灯处，或是再前面的一个红绿灯处，正要横穿马路，突然，悲剧发生了，老人被一辆卡车撞飞，年迈单薄的身子被抛入半空，又坠到地上。当救护车赶到时，他已经失去了生命。

当然，这只是我天马行空的猜测，但除了这么想，我再也找不出其他理由来解释这位老人将石涛寄放在我家的奇怪行为了。老人将石涛寄放到我家后就去世了，这画或许也是某人寄放在他那里的，想让他给物色个好买主。而恰巧在那时，不知道是幸还是不幸，我成了被选中的那个人。说到幸或是不幸，对老人来说，这一定不是一件幸事。才刚选中我，自己就丢掉了性命。而对于拜托老人物色买主的收藏家来说，显然也是不幸的。老人不在了，石涛从此也行迹不明，不知去向了。

当我认定那位像是古董商的矮瘦老人已经不在人世的时候，仿佛就是我的过敏症状最为严重的时候。

我笃定那位老古董商已经过世的半个月后，某天夜里，处理完让人心情沉重的工作，我又在深夜请出石涛的画欣赏起来。

就在一边品着玻璃杯中的威士忌，一边漫不经心地将目光投向画作的时候，不知从何处传来嘶哑的声音："说真的，我还没死呢，虽然因为车祸失忆了，可我现在还好好地活在医院里，而且我每天都在想一件事，那就是我托付石涛的那户人家在哪里呢？我怎么都想不起来了。不过总有一天我一定会想起来的！就再给我一些时间吧。"

　　我吃惊不已，问他："你果真还没死，还活在世上吗？"

　　"难道我就不能是还好好活在世上的吗？"

　　"当然不是这个意思。"

　　"可是，你的表情看起来多少有些困扰不是？"

　　"不要胡说，我看你的表情才不对劲呢。直到昨天还觉得你文弱得让人怜惜，可今晚简直就是死皮赖脸，面目可憎。"

　　"是啊，可不是嘛。我一定会寻回记忆，然后冲进你家把石涛拿回来的。"

　　"你要是恢复了记忆，拜托你趁早把它拿走吧。"

　　"现在还不行，还差一点点就想起来了。但总有一天我会去拿回石涛的画，那一天终将到来。"

　　"听起来可真不得了啊。"

　　当然，这段对话不是真实存在的，可它以自问自答的形式非常自然地浮现在我的脑海中。

然而，就在这样的你来我往中，我从"过敏地狱"中解脱了出来。

品着威士忌，与老古董商听起来有些不切实际的交流，让我从发痒的卑俗之感和去挠它的动物般的欲求中解脱了出来。

就在过敏最折磨人的时候，我多么想任性地将一切都宣泄出来，告诉大家我的身体因过敏正承受着难以忍受的痛苦，不知所措。若是有人倾诉的话多少能转移一些注意力吧，这或许不是我一个人的想法，是所有过敏患者的共鸣。

大约是九月中旬，在某个宴席上，我说起了过敏，结果，在场的好几个人对这个话题颇有兴趣，其中一人仿佛深有体会。

"可不是嘛，就是干燥惹的祸，可不能让房间太干燥了。"

他说话的样子充满了自信，被他这么一说，我顿时觉得有几分道理。现在，我家的客厅、起居室、书房处处放着加湿器，以防房间过于干燥。我也说不上来过敏因此有了什么改变，无非是我对当时听到的那番过敏干燥说表示的一点敬意罢了。

若是将过敏的缘由全部归咎于干燥倒也简单了，可还有人将此归咎于更麻烦的事，还是在刚才的宴席间听到的。

"还有洗涤剂哦，你们家不用洗涤剂吗？洗涤剂也分好赖，用了不好的便会令人发痒难耐，若是严重起来就……"

如此说来，我又开始怀疑起家里的洗涤剂了，只是这么一来就麻烦了。这成了我家至今每天必修的麻烦事。不管是家里洗的衣物还是送去洗衣房洗的衣物，最后都要重新全部水洗一遍。妻子和助手都甚是辛苦。不过，她们本就与湿疹、过敏之类的毫无瓜葛，不可能对洗涤剂永远抱有敌意。于是，不知何时就变成了仅我的贴身衣物才这样水洗了。直到现在也是如此，只因我的特别叮嘱，只将我的衣物如此处理了。

有时我会啰唆一句，"衣服还是水洗的吧？"我深知这样的问话一点儿也不讨人喜欢，忍不住提出来无非是因为过敏太痛苦了，可这么一说往往还会当场遭遇反击。

"依我看跟洗涤剂才没关系呢，说到底还是喝酒惹的祸。每天晚上工作完了威士忌，一出门威士忌，从外面回来还是威士忌，我看就是威士忌喝多了。几十年了，这酒倒是喝得比谁都多，泡在酒精里的细胞发了酵，就像在麦曲里酿出了酒，终于在你的细胞里也开出花了，准是这样没错。"

被妻子这么一说，我竟无言以对，甚至深有同感。就连我自己也觉得原本就是那么回事，所以尽管是生气也只好隐忍不发了。

还是说回石涛的画吧。午夜对着石涛的画儿品酒赏鉴似乎成了对付过敏的上上之策。不知是不是心理作用，那样的夜晚总是特别地好睡。原本过敏这种病，钻进被窝，身子一暖和就会开始发痒。可不知为何，有石涛陪着的夜晚，总是能让我安然入眠。我甚至会去想，那"湖畔秋景"之中是不是有什么将诱发我过敏的某种东西从我的心里还有我的身体里统统吸走了。

秋意渐浓的那段日子里，我每晚都品着石涛的画度过漫漫长夜，就在某天夜晚：

"我终于恢复记忆了，我都想起来啦！"

我的耳畔又传来那位老人久违的声音：

"在这里啊，原来是放你这儿了。"

"你恢复记忆了？"

"正是，石涛就是放在你家的吧。"

之后便传来一阵说不上来的令人厌恶的笑声：

"如此一来就好办了！"

"你若是想起来了，就快来把它取走吧。"

谁知我这么一说，对方立刻回道：

"可我现在还不能那么做，还得在你那里多放些日子。本来就是为了放到你那儿才带去你家的。"

"为了放到我这儿?!"

"正是，因为某些原因不方便放在我这里。"

"到底是什么原因？"

"那个嘛，不好说，总之那些糟心的事儿就别问了，就这样先帮我收着吧。没有任何地方比你家更适合替我收着这画儿了，你不但珍而重之，即便有什么，也不会随便卖掉不是，而且最最重要的就是不论放多久都免费。"

"那你究竟要放多久？"

"或许是在今年吧，又或许是来年春天吧。总之，那天不会太远了。"

"真是麻烦。"

"你嘴上这么说，这段日子还不是每晚都挂出来欣赏。我确实是免费寄放在你那里的，可你不也正免费地享受着吗？"

被他这么一说，真是一语中的。

"罢了，今日先告辞了，就是恢复了记忆来问候一声的。"

说完这话，那一晚老人的声音就再没出现过了。不用说，与那位老人的此番对话也不过是我脑中随心所欲的臆想罢了。不过，虽是虚幻，可也不是有意为之，当我想象那位老人忽然出现在我面前的瞬间，那一幕就极其自然地播放了出来。

又过了约莫一个月，仍然是在我与石涛相对的某个午夜，又传来了那位老人的声音，"不好意思，我又来啰！"

"真烦人。"

我用略带刻薄的语气说道。那老古董商实在是太讨厌了，我也说不上来为何厌恶他，只觉得他厌烦得令人难以忍受。

"早点来拿走。"我几乎大声喊道。

"吓我一跳，那行，如此这般我就去把它取走吧。"

老人的语气也变得有些吓人。

"何时？"

"随时。"

"最好快点，就明早。"

"行，先把石涛准备好吧。"

接着又是一阵说不上来的阴沉笑声，过了一会儿：

"这样吧，我去。你把画轴给我，我确认里面的东西无误后拿走，你意下如何？"

"行，这样也痛快。"

"现在说痛快还早了些，过几天我还要去找你，你说已经给我了，我就说还没给，最后还是你输。"

"为什么？"

"因为之前去的那个我是假的，之后去的才是真正的我。"

然后又时断时续地传来阴沉的低笑声，这样的笑声来回重复了数次后：

"再见！"

老人的笑声在说完这句话后就消失了，只留下一去不复返的空虚感。

那天夜里，我喝得比往常都多，酩酊大醉之际，又取出石涛的画轴，在盒子上贴了一张纸，上面写着，来取卷轴的人请留下地址与姓名，并写好收条后再离开。之后，我唤来妻子，将做下这一切的缘由都说与她听。

"家里又放了个麻烦东西。"

妻子脸上流露出一丝不快。

"又不是我要放在家里的，是硬塞给我的。"

"话是这么说……"

妻子有些狐疑地瞪着石涛的画看了一会儿，"要不算了吧，就别把这东西挂这儿了。"

"画是画，画的主人是画的主人，不要把他们混为一谈的好。"

妻子默默离开书房又折返回来说："我看还是先跟警察一五一十说清楚，这东西为何会在我家比较放心。"

"我才不想因为这种扫兴的事儿折损了石涛的画。它本就是像树叶一样忽然飘进我家的。若是石涛本人的话，他一定不会选择这样的方式到来。"

我这样说着，心中却因无法让别人体会到我的心境而有些遗憾。就在刚才那一出令人不太愉悦的戏剧落幕时，我心底似乎仍有一种想要去袒护那位矮瘦老古董商的冲动。

这件事发生后不久，在赤坂的中餐馆举办了高中同学会，我也出席了。聚会快结束时，原不是我起的头，只是不知怎地就说起了过敏，我也摆谈了几句。

就在那时，"那是心理问题。"有位退了休的官员这么说道，"我也曾为过敏所扰，遭了两三年的罪，就是现在还经常做着那样的梦。回头想想，那时的我精神有些不正常，也不知道是精神出了问题还是哪里失衡了。若是因为什么特别烦心或担忧的事还好，自己心里总归是清楚的，可那是连自己也说不清道不明的小小的不安、小小的烦恼、小小的忧思，挥之不去，如同在内心深处泛起的波澜。"

虽不知他此番话究竟是何意，但不可思议的是，一直以来，只要是那位说出来的话，无论什么都让我觉得颇有几分道理，这次也不例外。若说小小的不安、小小的烦恼、小小的忧思，这世上无论是谁多少都会有的。比起洗涤剂、干燥什么的，越是抽象的问题，背后越隐藏着令人害怕的东西。

事实上，那些精神方面的问题不能说与过敏毫无关系，只是无法像洗涤剂、干燥的问题那样轻轻松松就能解决，所以显得更加棘手。

这时，另一个人也说话了，这次是土木公司的社长。

"总之，还是得接受专业医生的诊治吧。幸而同学之中不是正好有位叫冈野的皮肤科专家吗，可以找他看看去。没有专业医生的诊治，说什么都是无用。我来打这个电话，大家都去找他检查检查。"

对此，没有人表示反对。如他所说，这个叫冈野的确实是皮肤科的权威，现在在一家大型公立医院当院长。虽说我与他这两三年来没有打过照面，但我俩的关系应该还算亲厚。

当然，我也不是没有接受过专业医生的诊疗。到最后左不过是让我抹点有微量抗生素的涂敷剂，要不就是让我打几针补补钙，想来也指望不上什么立竿见影的效果。只是这原不是医生或医学上的问题，而是湿疹或过敏本就不是那么容易对付的。

那次的同学会结束后没过几日，我竟意外地接到了那位皮肤科专家冈野本人的电话，

"听说你有过敏？来我这儿看看吧，放任不管的话就严重了。"

从话筒的那头传来了他的声音。

两三日后，我去市中心某大型医院的院长室拜访了冈野。检查很简单，他即刻就领我进了检查室，仔仔细细来来回回地检查了我手腕、背上的皮肤，之后又让护士给我涂了膏药，那膏药我也曾用过几回，只是后来听人说不好就弃用了。

"那个药没问题吧?"我问道。

"那是皮肤科的专业医生开的，不放心的药别用。药这个东西，如果你不相信它，它也是没效果的。"冈野说道，"酒还在喝吗?"

"一点点……"

"看起来不是一点点吧，能控制还是要控制。"

冈野说着，随后带我离开检查室，回到了院长室。在那里，我一边喝着咖啡，一边提出了几个疑问，冈野用他一贯沉稳从容的语气一一作了解答，

"不管是湿疹还是过敏，严格来讲，都很难找到发病的原因。因为难以查明病因，自然也很难弄清这些病症的真实情况。"

"是因为酒吗? 说是没有比不喝酒更好的办法了，可也没说戒酒就能痊愈啊。"

"也可以说这是一种衰老现象吧。对于上了年纪的患者

来说，大抵都是如此。"

"因为干燥吧，最重要的是避免干燥。"

"洗涤剂？因为是皮肤病，确切来说不是洗涤剂，而是皂类的清洁用品最好都别用。不过，这也不是那么容易能做到的。"

"因为精神压力？这样说来的话，全国人民都得过敏了。"

"病名？那就不好说了。若是让我站在医生的角度来说的话，应该称其为自我敏感性皮肤炎。若是一发痒就去挠，就会向周边皮肤大面积扩散。结果不是别人的错，都是自己挠出来的。所以抹点止痒的药，尽量不要去挠它，除此以外别无他法。不管怎样，自己就会好起来的，虽然不知道为什么就痊愈了，但目前还没有因为这个好不了而丢掉性命的人。"

"自我敏感性皮肤炎"，冈野口中的这个病名听着多少有些把责任推给患者的感觉。或许湿疹、过敏之类的病症确实也只能这么称呼了。

不管如何，找冈野诊治后我的心情放松了不少，我就这样离开了医院。

那天夜里，我与几位年轻的好友在新桥的日式餐厅聚餐。正好手头的工作告一段落了，白天又接受了冈野的诊疗，虽说并非是接受了什么特别的治疗，也不是聆听了什么至理名言，但莫名觉得情绪不错，也很放松，就应下了年轻友人的邀约。

那晚难得早早就喝得有些多了，也知道自己喝上头了。"自己就会好起来的，虽然不知道为什么就痊愈了，但目前还没有因为这个好不了而丢掉性命的人。"冈野的那番话时不时地回响在脑中，或许这才是他被称之为权威的原因吧。

那天晚上，回到家中已是半夜时分，是同行的数人把我送回来的，其中还有酒家女。我挽留大家，在家中的客厅又开始了另一场酒宴，待到一行散去已是将近凌晨三点。

随后我便上床就寝了，可睡了约莫三十分钟就醒了，只觉头晕舌燥，我起身下床，从客厅一片狼藉的桌上拾起威士忌酒瓶，坐到廊下的椅子上。突然，我想起了石涛，这画已经有些日子没拿出来了。可不知道是不是被妻子拾掇到哪里去了，画没搁在老地方。结果为了找画，我花了三十分钟的时间，就在客厅与书房之间跟跟跄跄地转来转去。

好不容易把石涛的画给翻出来了，我仍然像往常一样挂到书房的走廊上，在那里开始了一个人的酒宴。大约过了五分钟，传来一阵脚步声，踩着客厅的绒毯，朝这边走来。很快地，当书房的门被推开，妻子的声音也跟着响了起来。

"你知不知道几点啦，已经四点过了，天都要亮了。年纪一大把还这么干，会没命的，真的会死的!"

妻子说完转身便回去了。虽然妻子说天快亮了，可窗外其实还笼罩在一片深深的暮色之中。"你要这么干的话真的会死的。"妻子的话就那样一字不落地说进了我还微醺的心里。我想，我会死去的吧。

如果我死了的话……我不禁环视书房，这里因为我这一个多月的工作变得异常杂乱，倒是与石涛描绘的"湖畔秋景"那荒凉汹涌的岩滩有些相似。

"你要死啦! 嘀，还是你自己要找死的?!"

不经意间，那个声音又出现了。我环顾四周，自然是空无一人的，是那个总是不知道从何处传来的，矮瘦老古董商的声音。

"你要死了，那就轮到我上场啰!"

"轮到你上场?"我反问道。

"是的，一直到今天，我都在耐心等待着你死亡的那一天。每天早晨，看着报纸上的死亡通报栏，我就会想，今天还没死! 今天还没死! 一大把年纪了，老也不去死! 但是今天，终于快了，终于快轮到我出场了!"

"你所谓的出场，是要去何方?"

"去何方，这不明摆着的吗? 去你家呗。去把放在你家的东西讨回来。"

"来我家吗，何时?"

"就在你葬礼结束后的第十天如何? 石涛一直放在你家，我还没拿到说好的报酬呢，……价格嘛，既然是石涛的东西，自然是不便宜的，想必你的遗属也负担不了，不过我也不会硬让他们买了去，让我收回来也行，毕竟也是被称之为美术爱好家的你珍藏过的，经过了你的手，往后哪儿都不愁卖啰。"

忽然，一个疑问浮上心头。

"那个想必是真迹吧?"我问道。

"开玩笑! 若是真迹，我才不会放到你那里去。"

一说完，话音戛然而止，接着，又是一去不复返的沉寂，徒留我一人，陷入是不是即将要死去的沉思之中。

姑且就说到这里吧，故事太长了，不管是过敏还是石涛，就此打住了吧。冈野说过敏是"自我敏感性病症"，说到底，我的这份"自我敏感"不就是因石涛的不期而至而在内心掀起的波澜吗?

或许，我全靠放任这样的游思妄想来抑制过敏的病症。然而，不管如何，这与老去这件事不无关系吧。

过敏的事，就如冈野所说，不知怎地就痊愈了，重返年轻的我心情也立刻愉悦起来，那些往事如今也渐渐淡忘了。

至于石涛的那幅画，就在去年临近年关的时候，从我家消失了。来得突然，去得也突然。我和家人都不在的某一天，一位个子不高的消瘦老人出现在家里的玄关处，一手递过一盒点心特产，一手从田中那里接过装有石涛画轴的盒子便离去了。他留下一张便签，上面写着像是秋田县某个乡下地方的地址和一个老气的名字，旁边还有一行字"已收到石涛画轴一柄"。据田中所说，是个看起来为人不错的老人，因为取画的时间比约定的时间迟了些还一直道歉，一副诚惶诚恐的样子。我知道的也只这些了，或许是个乡下古董店的掌柜吧。

那画是真的吗？当然是真的吧，好一幅石涛的画作啊！

河之畔

老让我说说旅行的故事，说到旅行，是的，近几年来，我漫无目的地走过了那些偏远之地、草原、沙漠，有俄罗斯的中亚部分、印度北部、尼泊尔的喜马拉雅山区，还有阿富汗、伊朗、土耳其，似乎也没发生什么特别值得一提的事。出去旅行并非有什么特殊的目的，只是因为念着自己年纪大了，若再不出去看看怕是以后就看不到了。总有人问我，是取材旅行吗？我以前也曾为取材而踏上旅途，然而现在早已没了那样的劲头。小说家到了我这个年纪，不知为何就想写写身边的人和事，写写身边该写的人和事，那些人和事就如同留在抽屉里的无用之物一样也留在了我的心底。有时我会试着为未来的十年订下一个十年计划，不过到头来也只会陷入连一半都做不完的失落之中。所以，写作这个事儿，即便不出国门，身边的素材已是够够的了。或许也是因为年纪大了吧，对无需素材的写作愈加感兴趣了。历史小说什么的自然少不了得做些相关调查，即便如此，我越发只想把工作限定在自己的生活范围之内了。所以，现在已经完全没有为了工作的旅行了。若是有想去看看的地方，若是那个地方还能去，就趁早出去看看。在这样的心境下，我总是在计划着出行，到头来却往往变成一场仓促又马虎的旅行。我会选择现在不去以后就去不了的那些地方，反正总要带妻子去欧洲看看的，看看那些古老的城市，所以，观光旅行就能去的地方就待到那时再说吧。

说到今年，今年还没有列出出行的计划来。嗯，若说要去哪儿的话，我想去雅库茨克，想去看看流经雅库茨克城的勒拿河，是的，我就想去那样的地方。前些年去俄罗斯旅行的时候，原本连机票酒店都预订好了，可就在前一天，雅库茨克的酒店突然来了消息，说临时有个与政府相关的大型集会，问我能不能调整行程住到伊尔库茨克的酒店去。于是，在没法磨合行程的情况下，雅库茨克之行无疾而终了。说到西伯利亚的大河，除了勒拿河，还有鄂毕河、叶尼塞河。鄂毕河地处诺沃西比尔斯克的郊外，从西伯利亚沿线的火车上能望见叶尼塞河。其实我并未见过这两条河，只是觉得很难说清西伯利亚的大河能在哪里看到，也很难追寻它的踪迹。翻开俄罗斯的地图，勒拿河一边蜿蜒曲折地穿行在西伯利亚广袤的丛林地带，一边任性地流向它想流去的地方，果然还是位于西伯利亚中心的雅库茨克才是欣赏这条河的最佳地点。没有飞机的年代，想要从伊尔库茨克到雅库茨克，只能行船逆流而上，或是滑着雪橇在结了冰的河面上一路北上。如此想来，勒拿河不仅是条河，还是一条可以称之为勒拿街道的交通干道。是的，那个年代的旅行者们留下的记载上说，行船的话须得二十至二十五日的时间。若是勒拿街道，大致在雅库茨克一带就结束了，然而我还想目送勒拿河继续朝着北冰洋的方向流过长长的冻土地带。雅库茨克就算在西伯利亚也算是最冷的地方。这个城市北边的上扬斯克，东边的奥伊米亚康还保持着最低零下七十度的记录。在这里，十月就已入冬，别指望能见到冬天的勒拿河，冬天的勒拿河不应该被称为河流了，它是脊梁，是西伯利亚的脊梁。

除了雅库茨克之外，我还想去白沙瓦那样古老宁静（或许是吧）的城市，就是在那里发十天呆也是不错的。在那附近见到的印度河应该也不错吧。白沙瓦曾被置于古波斯国的统治之下，也曾被置于希腊的统治之下。这里在三四世纪时是贵霜王朝的首都，现在是犍陀罗的中心。这里出土的犍陀罗石佛仿佛在告诉我们，这个城市在历史的长河中起起伏伏，已经完全习惯了岁月的变迁。这里古老的空气浓重淤塞，从不轻易散开，被笼罩其中的弄堂小巷里开着朱红色的石榴花。白沙瓦，就是这样一个安静的城市。

如此说来，印度河应该也是如此吧。然而，印度河在历史的变迁中显得那么从容。这条大河汇聚了喜马拉雅的冰川之水，丝毫不执着于过往的岁月变迁，径直沿着犍陀罗南下。在白沙瓦的酒店里，当我一觉醒来，精神抖擞地饱览这条河流时，难免生出些感慨来。

我还想亲临喀布尔河流入印度河的交汇处，喀布尔河是从阿富汗流出来的，那里离白沙瓦已经不远了。我与喀布尔河有些缘分，曾在兴都库什山脉的希巴尔山口意外地见到了这条河的上游，时隔两年我又从喀布尔沿着这河自驾去了巴基斯坦的边境，大致将这河的河道水脉尽收眼底。正因为有了这样的缘分，我生出一种想法，我想站在这河的尽头，去凭吊它的终结。亚历山大大帝就是沿着这河道进入印度的，八世纪的阿拉伯人、十三世纪的蒙古兵团应该也是沿着这河道一路东行。丝绸之路在往来商队最繁盛的时期，必然也是与这条河道平行前进。从历史的意义上来讲，喀布尔河毫不逊色于它最后汇入的印度河，它有着深厚的历史渊源，是条一等一的河。

我想站在这两条河的交汇之处，看那滔滔浪花汹涌起伏。他们说那里掀起的浪花波涛汹涌，是的，我想那景象定是波澜壮阔的，一定是那样。因为喀布尔河与印度河，它们的交汇就是兴都库什山脉的雪溪与喜马拉雅山脉冰川的交汇。

除了雅库茨克、白沙瓦之外，如果还能让我再选择一处想去的地方，那一定是中国新疆维吾尔自治区的和田吧。这个在中国史书中被称为和阗的地方，是西汉时期位于西域地区的于阗古国的故地。塔里木河的上游就流经这座城市。塔里木河是怎样的一条河呢？不论是绵延在中亚克齐尔库姆沙漠中的锡尔河，还是穿行在卡拉库姆沙漠中的阿姆河，我都在它们不同的河段见识过它们年轻的姿态，亦见识过它们老去的样子。只是我至今还未见过塔里木河，塔里木河经过塔克拉玛干沙漠以北向东流去，最后汇入罗布湖。虽说都是沙漠中的河流，可它们会不会是迥然不同的呢？《新唐书·西域传》中有记载："于阗有玉河，国人夜视月光盛处，必得美玉。"这里说的"玉河"指的便是和田附近的塔里木河。月光照耀下的河床上散落着美玉的河究竟是什么样子呢？我有些无法想象。不管怎样，天山以西与天山以东，即便同为沙漠中的河，河相也不尽相同。

是啊，常让我说点旅行的故事。可一提到这个，我就想说说河的故事。那就让我说说近年来在旅行中见到的异国河流吧。若是只让我随便说说旅行的事儿，我也不知从何说起，可若是让我把焦点放到河的故事上，数条河流的样子就会自然地浮现在我的眼前，还有生活在那片流域的人们，以及在那里邂逅的人们，关于他们的过往片段皆会在记忆中苏醒。

河真是不可思议，即便旅行归来后又过去了许多年，只有河的样子还会浮现在眼前。即便其他的事情早已统统忘却，只有河流会像古老木头上的纹理一样，就算其他的一切早已被冲刷干净，可纹理依旧还在。河流微妙的表情、河道蜿蜒曲折的姿态，它们在不经意间就会随同它们的名字一起闯进我的回忆里。

若是问我喜欢河吗，也不能简单地就说我喜欢河，只是有时候河有一种模样，让看过它的人再也无法从心中抹去它的样子。日本的河也好，外国的河也罢，皆是如此，只不过若是外国的河，多少会带些异国情调。

我并非是为了看河才去国外的，然而当我为了旅行计划展开地图时，不管是什么样的地方，我好像都没办法对那里的河视而不见。总而言之，说到雅库茨克就是勒拿河，说到白沙瓦就是印度河，说起和田便是塔里木河，城市和那里的河流似乎总是一体的。

若是这样，那山大概也是如此。只是山与人们的生活相距甚远，不管它如何美丽，那份感动都没办法像河流一样刻进人们的心里。前些年，我站在腾波切寺里的某处台地上眺望珠穆朗玛连峰。喜马拉雅山中海拔高达四千米的腾波切寺，是最后有人间烟火的地方了。彼时，十月的一轮满月照耀着珠穆朗玛峰、洛子峰、阿玛达布朗峰等群山，我看着它们，因那白银素裹的神圣姿态迷失了心魂。那藏在深处的美好偶然间降临了，而我们又恰好在那一瞬间领会了它。我们会记得我们曾为之感动过，可若想在心中再次唤醒那份感动之情似乎就成了天方夜谭。

在那次喜马拉雅之旅中邂逅了都德科西河，它那奔腾豪迈的样子至今仍不时地浮上心头。都德科西河是从珠穆朗玛峰的冰川上流下来的，气势澎湃，如同无数阵鼓敲击的流水声总是响彻云天。南池巴札、昆均那些有两三百户的夏尔巴人村落就在这条河边经营着自己的生活，还有五户十户的小集落也散落在河的沿岸。河滩上的一些大石头上刻着藏传佛教的经文，每座桥边堆着用小石头砌起来的称之为玛尼堆的塔，还挂着叫风马旗的经幡。这里的人不祈祷就活不下去吧。从尼泊尔的首都加德满都出发的登山队得十七八日才能到达这里，就在这样一个空气自是稀薄的地方，人们筑起集落而生，就在如此难以想象的苦难中，都德科西河那浪花击打着岩石的狂野之态却以一种极其平静的景象浮现在眼前。

年轻的时候，我会以好坏来评价一条河。然而现在，我会觉得无论是怎样的河，总有一两处其他河流不及且值得一看的地方，而我也生出了一定要去看看的想法。不管有没有名气，每条河自有它们的性情和它的存在方式。但是，不要指望能触碰到每条河的独一无二之处。在旅途中能否偶然间捕捉到那条河最纯粹的样子，就跟与人的缘分一样是命中注定的事情。

阿富汗南部有一条汇入伊朗小湖泊的河叫赫尔曼德河。这条河的上游流域像树的枝叶一般呈延伸状，那里留下了许多遗迹，既有大都市的遗址，也有名不见经传的村落遗址。这些遗址都曾有人生活过，只是不知何时，因何种原因废弃了。当然，它们都被埋在了黄沙之下。赫尔曼德河这河的名字听起来有种说不出的稳重感，河的姿态亦是沉稳大方。它长长地横卧在沙漠中的样子有种独特的风情，仿佛一条蛇横陈在早春的阳光之下。去年五月，我去看了位于赫尔曼德河流域的毕世特遗址，归来的途中在拉什卡尔加城的郊外遭遇了沙尘暴。不是什么大的沙尘暴，从风沙扬起到一切归于平静约莫持续了三十分钟。即便如此，一时间天地变色，完全看不清前路，听着风沙撞击车身的声音，我深深地陷入了不安的思绪中。沙暴过去后，车又缓缓起动了。就在拂晓时分的昏暗中，赫尔曼德河逐渐出现在前方的视线里，有些夸张地说，我猛然倒抽了一口冷气，是什么在奔腾翻涌，或许从遥远的从前就开始了这样的律动，日日如此。原来这河是这副模样，固执且目中无人。原本美丽的蓝色河面，现下已褪去了颜色变得混浊不堪，不知为何变得黏黏糊糊的松软河面，垂头丧气地倒在那一草一木都没有的平原之上。

　　仔细想想，那么多遗留在这一带的废墟定然也是这赫尔曼德河干的好事。这条河只要一改河道就会让数个集落变成废墟。一旦成了废墟，沙尘暴就会迫不及待地将它们掩埋在黄沙之下。赫尔曼德河与沙尘暴明确了各自的分工，它们自远古时期就开始心无旁骛地致力于创造遗址。赫尔曼德河就是这样的一条河，然而我并不讨厌它。只要没有经历沙尘暴，这条河便摆出若无其事的表情，不经意地将白云映照在河面上从容地流动着，当真是一条了不起的沙漠之河。

　　也有与这赫尔曼德河不同的河，怎么说呢，它们只管美丽且性情温和。是的，是的，有一条名不见经传的河也深深地刻进了我的心里，那也是去年在土耳其旅行时发生的故事。我从首都安卡拉坐小巴经过了开塞利、厄古普、内夫谢希尔、科尼亚等城市，开始了为期六天的南部草原之旅。我们一行七人，开启了大约是在六月中旬的一次旅行。我们参观了几处遗址，据说与公元前一千二百年灭亡的赫梯帝国有关，还走访了说是公元前六千年的人类最早的居住遗址，这趟旅途真是高潮迭起啊。其间还安排我们去拜访了一个叫伊赫拉拉的部落。同行的 H 画师数年前曾在这个伊赫拉拉村的一户农家里待了一个月左右，那附近的峡谷中有基督教的石窟修道院，他就是去那里临摹拜占庭时期留下来的壁画。这样说来，对H画师来讲，伊赫拉拉算是故地重游了。原本这次的行程碰巧安排我们在第五日经过那个地方，也有向H画师致敬的意思吧，我们决定陪H画师去那个伊赫拉拉村走一遭。对于H画师来说，或许此次旅行最开心的莫过于走进伊赫拉拉村了。那位H画师四十五岁左右，是位充满朝气的日本画家。他平日极少谈及自己的事情，本是内敛谨慎的人，只是遇到伊赫拉拉的事就不一样了，在旅途中有好几次没人问就自顾自地在晚饭桌上谈起了住在伊赫拉拉村时发生的事，还有临摹壁画的事。这个地方的都市名、村落名尽是让日本人感到难以亲近的名字，我们把不好记的名字标成汉字，牢牢地铭记在心里。就像是把Soanri写成苏安里，Urgup写成由留希府，Hajralu写成羞廊，Gyorome写成鱼吕目，H画师的伊赫拉拉我也标上了伊比良良四个字。这就是我称呼它们的方式。

　　就在此次旅行接近尾声的第五日下午，我们决定前往伊比良良村。我们首先参观了H画师临摹壁画的石窟修道院，然后走进了伊比良良村。我们在村里的餐厅休息了约一个小时，而那段时光就成了H画师与村民们久违的大联欢。

　　车子一驶出内夫谢希尔城，就是一片绵延的丘陵地带，没多久便驶进了开阔肥沃的大草原。白云洒满整个天空，低矮的山丘缓缓勾勒出一段段波纹，处处点缀着羊群，都有数百只呢。果然是一次畅快无比的土耳其大草原汽车之旅。

不一会儿，车子驶离了车道，奔驰在杂草丛生的原野上，忽地就驶进了隐匿在草原中的一处裂隙，或许应该说那是地壳运动留下的断裂凹地吧，只是当它突然出现时，感觉就像一下掉进了一个裂缝。即便如此，从平原的一角远远望去，展现在眼前的仍是一片一望无垠的开阔大草原，开阔到做梦都想不到里面还藏着巨大的裂缝。车子在驶下一个陡坡后就被吸进了裂缝，于是，四周瞬间变成了树木丛生的溪谷。溪谷谷底有条河，河边有条路，两岸经营着一个小村落，分布着零零星星的人家。河水清澈美丽，水量也大。这儿家家户户的房子都是用小石块砌起来的，虽面积不大，但在山涧的最宽处还有耕地。这里是藏匿在平原裂缝中的绝妙的绿洲之地。

不久，溪谷开始收窄，车子也开始往上爬去。于是我们又回到了方才长满紫色、黄色杂草的大草原上。真是不可思议，竟意外地邂逅了这平原裂缝中的世外桃源。

但是车子很快再次掉入另一个裂缝，这次是两侧耸立着大岩壁的山谷。和之前一样，这里有郁郁葱葱、枝繁叶茂的树林，有小河流水，有小石块砌起的石屋村落。车子很快就通过了这处世外桃源，山涧的溪谷伸向远方，可不管我们愿不愿意，车子不得不又回到了大草原。

就这样，车子在平原与裂缝之间进进出出了数次。也不记得是第几次了，车子驶进了一处最大的裂缝里，停在了断崖途中。这是处大溪谷，我们下车沿着断崖的斜坡徒步向溪谷谷底走去。于是，断崖脚边不远的地方出现了一座石窟修道院。这本是雕琢在岩洞中的一座教堂，可现在不过就是一处洞窟罢了。只有部分天花板和岩壁上还残留着壁画，壁画大多已风化脱落，依稀看得出几位信徒的侧脸，仿佛在告诉我们这里曾是礼拜堂。H画师临摹壁画的地方就是这个石窟修道院。

离开修道院，我们继续沿着小路下到谷底，踩着木桥渡过湍急的溪流，最后到达了河对岸。那里还有一处石窟修道院。这次这个已经完全破败了，跟之前那个修道院里的壁画相比，这里的壁画脱落更为严重。我们沿着溪谷前行，所到之处皆是石窟修道院，据说共有上千座之多，但我们没有再继续前行了。八世纪阿拉伯入侵这里的时候，基督教徒来到这个溪谷避难，并造出了这数量庞大的石窟修道院。

至于这个石窟修道院群，我还是另找机会再说吧。这里的石窟修道院就像蜂巢一样密密麻麻地凿刻在岩壁上，我们一行回到车上，就这样离开了这个奇妙的溪谷，前往H画师曾游历过的伊赫拉拉村。

与方才一样，我们又在一个个裂缝与平原之间进进出出，来来回回有两三次吧。流经溪谷谷底的河究竟是同一条河呢，还是别的什么河呢？反复之间，我已经完全摸不清方向了，只晓得我们穿进了藏在平原下的各个溪谷，去看了流经那里的一段段河流，接着又被弹出了平原。

　　而"伊比良良"村就这样被小心地藏在平原下的某个溪谷里。这个溪谷没那么大，但流经谷底的河里，浪花散发着冷冽的光芒，以迅猛的速度冲刷着崖脚。右岸密集地分布着数十户石头砌起来的石屋。人家与河岸之间的河滩上生长着白杨林，仿佛整个村落被包裹在一片绿洲之中。村落中间有个小广场，周围有一排房子，看起来像商铺，将小广场呈"コ"字形一般围了起来，广场的一边连着路，背靠河的另一边有一处看起来像餐厅的房子。

　　车子顺着道路开进了广场，在餐厅前停了下来，我们一下车，顿时就被广场上的男男女女围了起来。最开始只有十来人，很快地，人数就呈几何式增长。我们期待着以 H 画师为主角的这出大戏将会如何发展，然而剧情却迟迟没有任何进展。H 画师与围在他身边的村民们相谈甚欢，就连司机也加入他们，给他们鼓劲儿。而村民们似乎也深受感染，又是点头，又是张开双臂不停地大声嚷嚷，那样子就像是在激烈地辩论着什么。然而，这一切却没有让我的情绪也跟着高涨起来。我们暂时撇下H画师，让餐厅老板把椅子搬到店门口，点了一杯红茶，就坐在那里小憩。这位店主胖胖的，人看起来还不错。H画师仍在热心地与村民们说着什么，就在那时，不知从哪儿出现的一位中年男子与H画师握手拥抱，再次握手之后，就像老朋友一样攀谈起来。他们之间好像有聊不完的话，这一回，一直在旁吵吵嚷嚷的各位倒成了看客。接着，又一位貌似故交的人出现了。这次是位老太太，与H画师握手以后，兴许是在跟村民谈论画师的事情，她一会儿看看画师，又看看村民，还大声嚷着什么，从人群中不时传来村民的欢笑声、感叹声。

没多久，大联欢就告一段落了，H画师回到我们身边，

"大家都在这里，他们觉得不好意思，没靠过来。瞧，那边那些人，我来这里的时候还是少年，如今已是名副其实的青年了，实在是招架不住他们。"

我们望向H画师指的方向，果然，马路对面的堤坝上站着四五个年轻人，他们站成一列，看起来有点像并排停在电线杆上的麻雀。面朝广场的房子看着像仓库，就连那房子的二楼窗户也探出三个脑袋来，神奇地看向广场上的画师。画师朝仓库里的伙计挥手示意，于是对方也挥手回应。仅仅是挥手，没有要靠近的意思。

当晚或许要半夜才能抵达要下榻的科尼亚，所以我们本

想尽可能早些结束伊比良良的行程，结果陪着画师在那里休息了一个小时。就在那段时间里，H画师那些年轻的故交一点一点地朝我们围过来。堤坝上的伙计们跳下了路面，而原本在仓库二楼的伙计们出现在了广场的一角。可他们就像商量好了似的只是冲着我们笑，没再继续靠近。

我们结束了这次小憩返回车上。H画师是最后上车的，又是一次盛大的送行。广场上的人群又膨胀了数倍，他们都聚集在车子四周，向我们挥手告别。成群的人将车子团团围住，H画师从窗户探出半个身子，朝他们背后的方向使劲地挥起手来，还大声喊着什么。与此遥相呼应的也是挥舞的双手，是不知何时聚拢过来的那些年轻人的手。只见数只手臂从地面一跃而起高高挥舞，接着再次一跃而起高高挥舞。我们开车驶出了隐藏在大草原之下的这片溪谷绿洲，打断了H画师与伊比良良村那些年轻人不可思议的大联欢。要驶出溪谷需爬过一个陡坡，就在那时，我回首望去，权当是与伊比良良村的告别吧。谷底的伊比良良村离我们越来越远，流经村落的一条河流也在此时映入眼帘，那河湛蓝湛蓝的，真是美不胜收。这一段河流既看不到头也看不到尾，如果村落是一个包袱，那么这一小段河流就像是系在包袱上的蓝色丝带，不，应该说它是一条由景泰蓝精制而成的蓝色带子，**略**带点生硬之感。好一段美丽的河啊！

这回，车子回到平原后就再没掉进地壳运动的缝隙中了，而是在一马平川的大草原上一路向科尼亚奔去。自从离了伊比良良村，H画师便缄默不语，只是将目光扫向了窗外。我们也陷入了寡言的沉默中。并非是我们说好了要这样，而是我们之中不论是谁都能感受到一种不安，朴素的也好，天真的也罢，都是与之不相匹配的，仿佛只要我们稍一开口，能维持这份美好的某些东西就荡然无存了。

我至今都不知道流经伊比良良村那条溪谷中的河叫什么名字。若是无法释怀，去土耳其大使馆不就有办法知道了吗，要不索性就叫它伊比良良河不也挺好吗？或许它又是一条籍籍无名之河吧。地下水路，汇聚了地下河的水，总之就是觉得它与一般地上的河不同。即便它与那些普通的河别无二致，也总是难以想象出一个匹配的名字来。或许就像那些年轻人与H画师的重逢一般，那份独特的喜悦难以用言语来表达，而溪谷之底那一段不完整的，泛着美丽波纹的河也很难给它安上一个名字吧。

嗯，再说说另一个昆都士河的故事吧。这条河源自兴都库什山脉，一路向北绵延了半个阿富汗北部，最后流入阿姆河。如果说每条河都必须有它的使命的话，那这条河就是为了游牧民而生的河吧。毋庸置疑，因为是在北部边境的昆都士省汇入阿姆河的，所以这条河也被冠上了昆都士的名讳。

这河的发源地大致有两处，虽同样缘起于兴都库什山脉，但一支是从希巴尔山口流下来的，另一支是从萨朗山口流出来的，两条河流在兴都库什山脉脚下的杜希城汇成一股粗犷的大河，之后便在低矮的丘陵如波涛般绵延的阿富汗北部大草原上一路向北奔去。

前年秋天，我曾自驾从希巴尔山口沿着这条河一路前行，一直开到了与阿姆河的交汇之处。去年五月，我又像这样从萨朗山口一带沿着这条河自驾至边境地区。如此一来，这条称之为昆都士的河，我也算完整地走过两回了。不，算上往返，是四回了吧。总之，比起其他的河，我跟这条河多少也算是老相识了。

如果想从阿富汗的首都喀布尔出发前往北部旅行的话，一路上能倚靠的原也只有昆都士河沿岸的那些城镇。以前通常都会选择越过希巴尔山口前往帕米尔，但自从数年前萨朗山口的路开通以后，绕道帕米尔的那条路几乎就废止了，翻越萨朗山口的那条路取而代之成了主干道。其实不过就是从哪里翻越兴都库什山脉的问题，不管是以前还是现在，一旦越过了山，剩下的就是毫无差别的北国街道了。

前年秋天，从帕米尔绕道前往北部的时候，我第一次见到了昆都士河，正好遇上了游牧民大迁徙，大大小小的游牧民集团正穿越整个昆都士河流域南下。他们从阿富汗南部朝巴基斯坦行进，那个时候仿佛完全感受不到国与国之间的界限，游牧民从早到晚向南流动着，这次的自驾之旅就成了一次游牧民的追逐之旅。去年五月翻越萨朗山口的时候，正好又遇上了游牧民集团，这回他们正离开巴基斯坦北上，于是又变成了游牧民的追逐之旅，一个接一个地追逐着向北流动的他们。

有了这种种经历，我明白昆都士河的河道如今已是可以车来车往的街市了。可它本是逐牧草而徙的阿富汗游牧民之路，这一点就算到了今天也仍旧没有任何改变。有些庞大的迁徙集团伴着成群的羊，羊群前方还有领头的几十头骆驼。也有只有数人的小迁徙集团，他们一边用手杖驱赶着屈指可数的几只羊儿，一边牵着一头驴前行。我不知道游牧民的世界是怎样的，但当我看到蓄着白须的老人怀抱着他孙女模样的幼女骑着骆驼行进在队伍的最前方时，我觉得这一幕实在是太美好了。如果再配上落日，那光景真是美得让人忍不住拿起相机记录下来。昆都士河的河水，还有太阳在那一头落下的大草原都被染成了红色。可在河这一头的骆驼、驴子、羊群和迁徙队伍却因逆光有些发黑，让他们的行进染上了一种奇妙的庄严肃穆之感。然而，当他们与他们的动物彻夜奔走的样子映照在深夜的车头灯下之时，我又不得不反过来感叹他们生活的不易。骆驼背上捆着筐子，年幼的孩子在筐里沉沉睡去，而大些的孩子则混在羊群之中，与羊群一起默默地朝前方走去。

我曾见过蹚过昆都士河的大型迁徙集团。昆都士河在北部的巴格兰城边绕了一个大弯儿，我正好瞧见庞大的迁徙队伍在那个弯道闹闹嚷嚷准备渡河的样子。一个男子牵着好几头山羊在河里游着，山羊是有野性的动物，在队列里总是打头阵的。紧随其后的是绵羊，然后是骆驼，动物们严守着这样的秩序簇拥在对岸严阵以待。这边已渡河上岸的牧童们腰上挂着大大的葫芦，他们仍在关注着渡河的情况。我知道葫芦是在渡河时防止孩子们溺水的浮子。我曾见过生活在中国珠江上的孩子们无一例外地都在腰上系着圆筒形的木头。那时我就想，如果用来做浮子的话，比起木头，游牧民的葫芦更好些吧。不说这个了，想必渡口那一头的人与动物一定是混杂着在转移，奋勇的骆驼也横冲直撞地在闹腾。可若是只远远望去的话，则成了一道奇异又安静的风景。

我还曾在昆都士河畔与游牧民打扮的一群姑娘们擦肩而过。她们有二十人左右，一行人骑着骆驼，打头的是三位姑娘，身穿绣着金丝缎，装饰着金花绸的衣服。她们每人都骑着一头骆驼，服饰只能用华丽来形容。这里临近阿姆河，位于北部大草原的中心地带，是一草一木都没有的灰色世界，只有昆都士河带着一抹绿蜿蜒穿行在这里。如果再添上一列盛装的队伍，那一抹亮丽便有种说不上来的静谧之感，以及散发着冷冽光辉的清澈之感。

一言蔽之，昆都士河就是这样一条河，是一条永远都有游牧民点缀的河。然而这样一条河，让我深深烙在心底的不是游牧民，而是一个人，一个日本人。说起昆都士河，也是因为我想说说这个日本人的故事。他叫大利根一二郎，是位建筑工程师，五十五岁左右。他朴素、诚实，让人觉得温和。

我初次遇见大利根一二郎是大前年在北部旅行的时候。那回，我从喀布尔出发，越过希巴尔山口，前往因贵霜王朝的佛教遗址而扬名在外的帕米尔，并在那里住了一晚，翌日又从帕米尔一口气直奔北部边境的昆都士。就如我方才所说，第一次见到昆都士河就是在这个时候。才从帕米尔的希巴尔山口流出来的昆都士河还只是一条清澈的浅溪，不久就汇入兴都库什山脉的某个溪谷里，之后便一路拍击着巨大的岩壁向前奔去，从山体的各个褶皱流下的无数股细流也加入到这支队伍中来，河面越变越宽，当它来到平原地带的第一个城市杜希之后，又与萨朗山口流出来的那支汇成了一条威风凛凛的大河。从帕米尔到杜希城，昆都士河还是一条流经大溪谷的奔流之河，可过了杜希城就变成一条悠闲从容的草原之河了，实在让人无法想象这是同一条河，那变化大得让我不禁去想，对一条河来说这样的变化真的好吗？

即便如此，昆都士河的上游穿过了兴都库什山脉中的大溪谷，那简直就是一场岩山与河流的殊死搏斗，真是令人叹为观止。论气势，几乎没有能与之比肩的河流了。我曾沿着汇入里海的恰卢斯河越过厄尔布尔士山脉来到德黑兰。这条河从陡坡一泻而下，也是一条出了名的狂野之河。但是，它身上却少了昆都士河在上游地带殊死搏斗时蜿蜒、落下、撞击那一气呵成的连贯性，就连道路都没办法配合如此任性的一条河，时而靠近，时而远离，时而跟着上坡，时而又跟着下坡。自从翻越萨朗山口的那条路通车以后，这里已经几乎看不到车来车往了，俨然成了游牧民的专用道。曾作为驿站而兴旺繁荣的部落大多也变得萧条不堪，甚至有的部落只剩下一排排无人居住的废宅。原本路随着岁月的变迁自会有它的枯荣兴衰，可这条路曾是丝绸之路的干线，曾是那样的繁荣昌盛，正因为如此，才会让人莫名生出一种悲戚之感。

总之，过了此处就是大草原了，之后的一整天便是驾车沿着从容的昆都士河一路前行，最后来到北部的游牧民之城昆都士省。抵达酒店大约已是九点了，我们是八点离开帕米尔的，算来已经坐了十三个小时的车了。酒店很大，房间也很舒适，可惜没有洗澡的热水。这里的热水都是靠柴烧的，可负责烧柴的那位回家去了，也只能是无可奈何了。我去了好几次前台，拜托他们再把那位烧柴的伙计请回来，于是终于在晚上十二点过洗上澡睡觉了。

翌日，我睡到十点才起床。我在一个小餐厅用了迟来的早餐后走进了后院。这个院子像农家后院，挺宽敞的，几株大树的树荫下还各自摆放着桌子和椅子。正当我在其中一个椅子上坐下来时，就看见有个人从对面树荫下的椅子上站起身来，径直朝我走来。他显然是个日本人，身上穿的像是工作服，他走到我身边，突然跟我搭起话来：

"看你是累了吧，累了才来这儿的。"

"坐这里可以吗？"

就这样，他坐到我面前的椅子上，接着，一边洋溢着亲切的笑容，一边把手伸进工作服的内兜里掏了掏，最后掏出一张名片来。这个人就是大利根一二郎。我待在昆都士的三天，都是大利根一二郎在关照我。那个时候我才知道，他是十六年前被聘请到本地最大的一家棉纺公司做建筑工程师的，本来签的合同是六年，只是不知怎地就这样一直扎根在这里了。他老家是四国的高知县，这十六年回去过一两回，具体的我没多问，听口气好像还有个妻子在老家。谈到这个，我总是有意无意地岔开话题。从他的只言片语中，我能察觉到他在昆都士也有了一个家，只是我不愿去过问别人的家庭，过问别人过着怎样的生活。如果我开口打听，大利根一二郎定会毫无保留，事无巨细地说与我听。他就是那样一个人，他的言行举止中没有一点不光明磊落的地方。我不打听与他无关，他只是一个远离故国在他乡生活了十六载的人，我对这样的人自有一种没来由的顾虑，或者说是一种礼貌吧。

在我的请求下，大利根带我去了阿姆河。阿姆河本是与俄罗斯之间的一条国境线，不是轻易能靠近的地方。大利根在河港与海关好像有认识的公务员，只打了一两通电话便解决了，说是准许我开车驶入到河港下面，亲临阿姆河岸。阿姆河在苏联乌兹别克共和国的乌尔根奇城郊外流入咸海，数年前，我曾站在那里看了许久的阿姆河。只是那里地处阿姆河下游，已是一条垂暮之河，而这里的阿姆河才刚从帕米尔出发，当我站在朝气蓬勃的同一条河边，难免会生出一些感慨。不管如何年轻，阿姆河已是一条沙漠之河，没了河流的感觉，更像是无休止奔腾的黄浊之水。我们站立的地方在昆都士河汇流处的上游，离交汇处有数公里远。昆都士河也是，从溪谷流进草原，然后在此经历了第三个回合的转变，从草原之河摇身一变成了沙漠之河。

大利根又是带我去北郊三四十公里开外的古城遗址参观，又是请我去昆都士商业中心的餐厅吃饭，还带我见识了郊外的家畜早市。昆都士这座城就是一座名副其实的游牧民之城。驴子、马和骆驼穿行在城中的每个角落，街上的人熙熙攘攘，马车正奔驰在拥挤的人潮之中，拉车的马儿头上还插着花儿。真是不可思议的一座城，喧嚣又明快。走在街市上，我不禁对大利根广阔的交游感到惊奇。既有他上前主动招呼的人，也有主动来招呼他的人，总之随时都能跟人聊上两句。乌兹别克人也好，塔吉克人也罢，十六载的岁月让他多了这许多的朋友。

为了让我见到阿姆河流域的草原落日，大利根又带我来到他公司在郊外的俱乐部。夕阳在一望无际的大草原上渐渐西落，果真是一幕壮丽的景象。我们坐在二楼露台的椅子上，小啜着香浓的红茶，细嚼着里面未化的方糖，然后等待着一轮红日被草原吞没的那一刻。大利根指着昆都士河汇流的方向对我说，

"看，昆都士河的河面就要被染红了。"

他等待着夕阳落下的瞬间，那说话的样子仿佛河就在眼前，而我从来都不知道夕阳西下是那样的短暂，当那轮火红的太阳一碰触到地平线，瞬间就被拖了下去，毫无招架之力。

"好了，结束了。"

大利根说道。可我却想在这一刻走近他的内心，大利

根，一位漂泊在异乡的人是以怎样的心情带我这位故乡人来看这夕阳西下的。

当我正陷在这样的思绪中时，一位五十岁上下，绅士模样的外国人朝我们走来，大利根立即起身，向我介绍起这位 Q. R 先生来："这是我公司的社长。"

对方高高的身子微微前倾与我握手，然后转头与大利根说了几句，又转过来对我用英语说自己非常忙，要先告辞了，于是再一次与我握手后便离去了。他的样子高傲又孤独。

"听说他今天在这里与美国人有个会面，或许我们刚才进来的时候被他瞧见了。他方才交代我要好生款待你。他人不错的，生意做得大，自然树敌也多，说他坏话的人也有，不过还算是个好人吧。他不太相信人，但奇怪的是只要我说的他都听。所以但凡他拜托的事，我也总是无法拒绝。不知不觉，六年就变成了十六年。只是如今，我也不想再那样了。"

大利根说道。那之后，大利根常常提起他公司的社长 Q. R 先生，"太信任我了也是麻烦""让我做什么都不好推辞"，诸如这般聊起自己与社长的关系。说起 Q. R 先生的时候，总觉得他也乐在其中。虽说他总把"就到此为止吧"之类的话挂在嘴边，听起来像是要为这十六年的异国生涯划上句点了似的，其实在我看来那不过就是说说而已。

"就算回了日本，在那个空气污浊的国家也是……"

就在他说要离开这里后不久便又说起这样的话来。

"待在这里，那就是天堂啊。东西也好吃，朋友也多，在公司还能享受特殊待遇。"

他蹦出一连串的说辞，而我却没有反驳。

"日本总体说来是个了不起的国家。可年轻人不一样，这个国家的年轻人对外面的世界知之甚少，如果多出去走走，那日本……"

可他又会说："这骆驼还是不该在大街上走来走去的。这里的人也总说近代化、近代化，可这儿离近代化还早得很。我心里可清楚着呢。"

那一回，我与大利根仅仅只有三日的缘分，可无处不感受到他一直在两种矛盾的想法中左右摇摆。他对日本是怀念的，又是冷漠的，他对阿富汗是赞赏的，又是轻视的。

在昆都士的第三天晚上，我在无眠中又想起大利根一二郎来。他是不是有点像中国历史中那个叫中行说的人呢。

西汉时期，中行说作为护卫，随着与匈奴和亲的公主来到匈奴，之后得到匈奴单于的宠信，备受重用。公主死后就一直留在了匈奴，效忠于单于。当匈奴与自己的故国西汉交战时，中行说反而指挥匈奴作战，为祸母国。当然，大利根的身上自然不会发生如此戏剧化的故事。本是说好了六年就回去的，可深受信赖又得了重用，于是一次又一次地失信于归期，我只是觉得这样的他是不是多少带了些中行说的影子呢，仅此而已罢了。

如此想来，那位只有一面之缘的大老板 Q. R 先生，他戴着孤独又高傲的面具，不正像匈奴单于吗？Q. R 先生无论何事都与大利根这个外乡人商议，这不就像是匈奴单于最后把中行说当作是自己的心腹谋臣了吗？

我就这样在久久未眠的夜里天马行空地畅想着，翌日，我便离开了昆都士。我与大利根在酒店的玄关处话别，"下次再来吧，这地方就这样，别介意，还要再来哦。"

大利根说话的样子仿佛是昆都士土生土长的当地人。我心里想，果然是中行说。

第二次与大利根见面是去年在阿富汗旅行的时候。再次前往不久前已去过的北部旅行，一来是游牧民之河昆都士河的沿途之景着实有它独特的魅力，二来也是因为我想去看看之前没去走访的拜火教遗址和佛教遗迹，不过也并非没有再见一见大利根的想法。我心里对他有种说不出的在意，一踏入阿富汗就想着还是先见一见他。

这回，我们是个一行六人的旅行团，其中还有考古学家。在昆都士的时候，我们都受到了大利根的关照。他还是一点儿都没变，嘴上说着不想干了之类的话，其实从他的言谈之间是丝毫也看不出来的。要让我说的话，他比两年前更像中行说了。

就在我们即将结束昆都士的行程前往马扎里沙里夫之际，大利根突发奇想似的说要与我一同出发。我正想着是不是他觉得我们就这样分离实在太过仓促，所以想再与我多处个三两日吧。然而，他却不是这样说的。

"这次的马扎里沙里夫之行若是三天两夜的话，我也跟着一起去吧。"他如是说道。

对我们来说，这可是求之不得的事情，毕竟大利根会说当地话。

"你们的计划没变吧，在马扎里沙里夫住两晚，然后第三日离开，那我们当天就一起去普勒胡姆里，然后在那里分手，你们去喀布尔，我回昆都士。公司那边有个不能不去的会，社长提前打了招呼让我出席。"

他要回去开什么会我不知道，但似乎确实有那么回事儿，离开昆都士的那天早上，我们为了搭上大利根，把小巴停在了他们总公司的大楼前。他立刻就出来了，上车后说："社长又叮嘱我了，让我别错过那个会。真是要麻烦你们了。"

听他这么一说，我脑海中又浮现出那张两年前有过一面之缘的脸，那张看似孤独的大老板的脸。大利根到底还是成了中行说啊。

我们从马扎里沙里夫出发，参观了在马扎里沙里夫、巴尔夫、塔卢坎等地与古巴克特里亚王国有关的几处遗址。亏得有大利根一路同行，一切都很顺利。在塔卢坎的时候，多亏他的周旋，还有发掘现场的工作人员行了方便为我们带路。

照原定计划，我们在马扎里沙里夫住了两晚，第三日早上八点离开了酒店。途中去看了正在挖掘的一处遗址，还去瞧了当地古老的街头集市，然后按计划在两点半抵达了普勒胡姆里。我们在城中的餐厅用了已过饭点的午餐，午餐大概用了半个钟头。大利根要搭三点半的巴士回昆都士，我们打算送走了他再出发，所以在那里多消磨了半个钟头的时光。不知不觉临近三点半了，就在开往昆都士的巴士即将到来之时。

"不用在意我，你们快出发吧。"大利根突然说道。

可对我们来说，丝毫没有为了这五分钟十分钟的事儿就撇下一路关照我们的他一走了之的想法。即便是出于礼貌，我们也想给他送完行之后再出发。大利根再三催促我们先走，就在那时，同行的一人不太舒服，说想再休息一下。于是，我们不得不继续在餐厅里小憩。大利根见状立刻说道：

"那我也再多陪你们一会儿吧，我坐下趟巴士就是了。"

我一问餐厅老板娘才知道，下一趟巴士得再等两个小时，那大利根就没法在原定时间赶回昆都士了。我一提醒他，他说："没事，会有办法的，还是先送大家吧，送走了大家我再出发。就这么着吧。"

不过在我们看来，这完全是无谓的操心。若为这点小事就错过一趟车，着实没必要。我们也催促起他来，想着无论如何也要让他赶上即将到来的那趟车，其中还有一人拿起他的包作势就站起身来，于是，"好了好了，我知道了。"

大利根拖回自己的包，可还是那样坐着，没有要动身的样子。那样的他让我感受到几分执拗，那是即便要一直坚守在餐桌旁也绝不起身的模样。

不过在我们的再三催促下，他终于站起身来："既然大家都这么说，那我就动身吧。"

说着便朝餐厅门口走去，我们也送他出了大门。在店门口，还有即将上车的时候，他两次都流露出一丝犹豫，犹豫要不要上车，但终于还是踏上了巴士。我们挥手与他告别。

送走大利根再次回到餐厅的时候，我们聊起了他，聊他懂规矩，聊他知礼节，最后得出了结论就是，他确实是个好人，这样的人在日本已经见不着了。

大利根走了约三十分钟，我们也动身了，离开普勒胡姆里时已经四点了。

从普勒胡姆里出发，大概行驶了二十分钟，车子沿路驶进了丘陵地带。就在那时，气势澎湃的昆都士河在不经意间就映入了眼帘。河水奔流，敲击着山脚下迎面而来的岩壁。说是丘陵，其实都是一座座小岩山。河流冲刷着这个山脚，接着又轮到下一个，俨然成了奔腾在丘陵脚边的一条河。这条河弯弯曲曲，河面也忽宽忽窄。河面在拐弯处一下就宽了数倍，在那宽阔的河面中间时而还夹着一片河中沙洲，有的则是夹着一块耕地。

我看着眼前这条河，心里想起大利根来，宁肯错过巴士也不愿比我们先行离去的样子只能用执拗来形容。我实难理解他的想法，所以老是记挂着他，难以释怀。果然越是在意就越往心里去。不过要说没什么，确实也算不上什么大不了的事儿。

我一边守望着昆都士河，一边在心里不断地问自己，大利根为什么会有那样的想法呢，为什么呢？大利根心底的秘密仿佛就藏在那条河里，我就这样追着它顺流而上。我从未这样执拗地追随过一条河。

开出普勒胡姆里三四十分钟后，我们抵达了杜希城。流经希巴尔山口的分支与流经萨朗山口的分支就在这里交汇了。我望向窗外，并没看到两个分支的交汇处。车子不久后渡过桥到达了河的右岸。这下，河又开始冲击起另一侧的岩壁。过了桥就是从萨朗山口方向流过来的分支了，河面比之前稍稍收窄了些。

车子很快就开始顺着道路朝山口上爬去，驶向山谷深处。途中要经过一段落石地带，虽然河流越来越窄，可它仍不改初衷，一如既往地冲击着流过的岩壁，四方的支流都加入进来，若是大的支流，它们汇入的地方必然会出现五户十户的小集落，紧紧贴在临河的悬崖边上，看得人心惊胆战。

没多久，车子偏离了河道朝山上开去，可依然能居高临下地看到河。五点时分，行驶的方向出现了雪山。雪山渐渐来到我们的正前方，越来越清晰。不久，车子在一处检查站前停了下来。单单在那周围，生长着悬铃木、白杨树、白桦树、辽杨树……车子再度出发时，我们只能透过白杨林的缝隙窥见一段段湍急的河流，这条河已经完全成了一条奔流在山谷里的河。很快，我们驶过一座大桥渡了河。这回，河流仍透过树林出现在了左手边的车窗外。山谷越来越深，河面也越来越窄，岩山却越来越巍峨。又是一座桥，河又来到了我们的右手边，就这样，河一会儿绕到左手边，一会儿绕到右手边。绿荫越来越少，河继续冲刷着山脚长出草来的岩壁。

车子暂别了河，在又急又陡的弯道上蜿蜒前行，爬上陡坡后道路又变成了"Z"字形，就像在铺房顶一样。有两次我又远远地瞧见了谷底下的河，这会儿它已经变成一根冒着白泡的白色束带了。

雪山在我们的正前方愈显巍峨了，本以为再也看不到的河这次从谷底升了上来，忽地就出现在视线中。两岸巨石耸立，一片荒凉。一条细细的河就从那里流过，扁平扁平的，如同镶在落石地带里的河。我们渡过那条河，车子又绕到了它的右手边。山路的斜坡就像弯钩一样，我们就这样在弯弯曲曲的山路上向上爬行。河流在临近山口的地方一分为二，变成了两支，它们都细得像一捆线头，并行朝着雪溪流去。无论四周如何变化，车子只管沿着弯弯拐拐的道路向上盘行。道路四面的高处残留着未化的白雪。这时河又出现在了我们左手边，已经变得很细很细了。

又是一个弯钩状的急弯，不知何时，周围已是白茫茫的一片。河又出现了，这回已经不能叫河了，就是一根线头，还是冻住了的线头。

我们在六点到达了山口，距离从普勒胡姆里出发大约过去了两个小时。我们走下车来，虽然冻得要僵住了，但仍想亲自站到这里来感受一下。我踩着雪，点上了一根烟。我一直追随而来的昆都士河本已经冻成一根线头了，可到了这里反而像散开的胶卷一般伸向远方。一股水流从结冰的线头处一直流向远方，与阿姆河交汇，真是一条长长的河啊！我突然想起大利根离开普勒胡姆里也有两个半小时了，载着他的那辆巴士究竟走的是河的哪一边呢？那辆巴士应该还没进入昆都士，还没进入人与骆驼吵吵嚷嚷的那座城市，或许正沿着昆都士河奔驰在一草一木都没有的大草原上吧。想着想着，结冰的线头那冷冽的寒气忽然让我联想起大利根坐在那辆巴士中的模样。有大利根在的昆都士河看着都与从前大不相同了，那是一根青黑色的水管，是只有结了冰的河才会呈现出的青黑之色。在我眼里，昆都士河是那么地孤独，那份孤独的感觉是任何一条河都没有的。希巴尔山口的昆都士河、萨朗山口的昆都士河、大草原上的昆都士河、笼罩在夕阳之下的交汇处的昆都士河，它们全是青黑色的。而河畔的大利根正摇晃在奔驰的巴士上。

　　我用脚踩住丢弃在雪地里的烟头，又陷入了无解的思绪中。为何我还是不懂，大利根是想为我们送行的，可他也一定非常厌恶别人为他送行。或许他的余生都要在异乡度过了，我们这些因旅行前来的家乡人为他送别，送他回到身在异乡的落脚地，是不是有种令人难以忍受的孤独呢。为什么孤独呢？我们无法理解那种心情，可我好像又是明白他的。中行说为祸母国，或许就是想靠着这份恨意去对抗心中的孤独吧。

我们再次坐上车，不久又出现了一条河。我们顺着河畔的路开始下山。这次这条河是流入喀布尔河一支支流的分支，甚至只是分支下的分支。它沿着我之前提到的巴沙瓦一路流进印度河，最终流向印度洋。从同一处不起眼的高山地带流出来的两条河，一条变成了沙漠之河流入咸海，另一条变成滔滔大河汇入印度洋。河也同人一样，有着自己不可抗拒的宿命。

　　周围还是亮堂堂的，车子就在那一片明亮中摸索前行，缓缓地沿着这条从未踏足过的溪谷行驶着。司机说，不到七点，这里的太阳就不会落下。

火焰

不是让我说说河的故事吗，可河的故事既然已经说过好几回了，那是不是该说点别的什么新鲜事儿呢。然而，即便是这样，我也还是好喜欢河！要是有同样爱河的人让我说说河的故事，我想我是怎样都无法拒绝的。难道没有其他新鲜事儿可说了吗？就算是生出了这样的念想，可最后浮现在眼前的还是那些近来新结识的河，是它们的表情与姿态。

　　是啊，之前说的都是三年前的事了。自那以后，我又与之前素未谋面的几条河结下了新的缘分。那我就说说那些河吧，说说那些我能想到的令我印象深刻的事。

　　前年夏天，我受邀访问新疆维吾尔自治区时，在飞机上看到了塔里木河。可以说，这在我整个人生当中都是一件难忘的事。尽管在此之前，我已经看过太多太多的河了，可还是头一次遇见如此与众不同的河，我不禁去想原来这世上还有这样的河。

　　众所周知，我到访的新疆维吾尔自治区就是在古时被称为西域的地方，现在不过就是中国边境的一个省。尽管如此，它仍有日本国土面积的四倍之大。北边横亘着天山山脉，由东向西绵延了两千公里之长，南边的昆仑山脉与阿尔泰山脉形成了一面巨大的屏障，俯瞰着这片大地。被包围在南北山脉之间的巨大盆地就是塔里木盆地，那里被埋在一片浩瀚的细沙之下，于是造就了塔克拉玛干沙漠。所以，塔里木这个巨大的盆地就是由塔克拉玛干沙漠和它周围的绿洲构成的。据说西域史上出现的三十六国就是数个在塔克拉玛干沙漠附近的绿洲地带建立起来的少数民族政权。在这个政权所在地，各自为政的小国之间纷争不断，还有来自北方强大的游牧民的侵袭，加之东边的中原势力也虎视眈眈地不断向这里扩张，过往种种纵横交织，成就了一篇波澜壮阔的西域史。

对于对西域历史多少有些兴趣的我来说，前年的新疆维吾尔自治区之旅就如同多年的夙念终于得偿所愿，所见所闻皆颇有感悟，在这里就只说说塔里木这条河吧。

初次邂逅塔里木河是在飞机上，那次是从乌鲁木齐越过天山山脉，飞过塔克拉玛干沙漠的上空，前往沙漠南边的和田。途中，飞机因油的补给在沙漠之城阿克苏降落了。即将飞抵阿克苏的时候，我看到沙漠中有无数条河如同网眼一样交织在一起，没什么干流支流之分，每条河都各自环抱着无数沙洲，乍一看，宛若散落的线头纠缠不休。

"是塔里木河。"

从乌鲁木齐陪同我来的工作人员告诉我。

"看，河在那儿消失了，在那儿露出地面后又马上潜入地下了。我也从未亲临过塔里木河畔，总是只能在飞机上看着它。塔里木这条河就这样一边不停地在沙漠和地下穿梭着，一边沿着塔里木盆地的北缘向东流去，最后流进罗布泊。说是流进了罗布泊，莫不如说就是它造就了罗布泊。且不说这个，说是河，比起在地面上流动，其实更多的时候是在地下潜流。"

工作人员如是说道。

三天后，同样的一番话，我又在和田听到了。和田在古时是于阗古国的王城所在地。和田郊外有条白玉河，因盛产玉石而颇有名气。站在白玉河边，我的向导—— 一位当地年轻的历史老师说："这条白玉河在离这儿一百公里开外的地方与黑玉河①合流之后就形成了和田河。它们合流的地方叫红白山头，当然还是在沙漠里，称它为山头只是因为它从此只能越过一个又一个的沙丘前行了。和田河从黑白两条河的合流之处就开始在地上地下之间钻来钻去，朝着阿克苏的方向流去，最后汇入塔里木河。那时的塔里木河已与喀什噶

① 亦作乌玉河。

尔河、叶尔羌河合流，是一条堂堂的大河了。当它再次将和田河也收入囊中之后，就开始打起滚来，变得时隐时现，一会儿钻出地面，一会儿潜入地下，就这样坚定地一直向东流去。这河在地面上流动的样子看起来与普通的河别无二致，只是从中又生出无数条支流来，错综复杂地交织在一起，然后又重新整合成一条河潜入地下。"

听了他的这番话，我问他，你去那些地方看过吗？就是河正好从地面流入地下，抑或是从地下升上地面的那些地方。

"只去过一处，那是在离绿洲不远的地方，河正潜入地下，可我从未去过沙漠中的浮流地带，那样的地方几乎是人迹罕至的。塔克拉玛干一词在维吾尔语中其实是由'塔克拉'和'玛干'两个部分组成的，塔克拉意为死亡，玛干则意为宽广的领域。因此，塔克拉玛干沙漠也是'死亡沙漠''不归之沙漠'。"

塔里木河就是这样一条神奇的、不同寻常的河。地图上的塔里木河从塔克拉玛干沙漠的北缘自西向东流去，就像一条蓝蓝的线。不过更准确的标记不该是一根实线，而是一根虚线吧。罢了，如此不着边际的话还是就此打住。想来不论怎样的标记都无法呈现出塔里木这条沙漠死亡之河、不归之河的姿态，它是那样地桀骜不驯，那样地高傲。

之前说起过沙漠之河，沙漠里的河，在源头时的水量是最为丰沛的，只是流着流着会因炎热的天气而挥发，还会被沙漠里的沙子带走，于是河越变越细，最后终于消失在沙漠之中。就算是中亚的阿姆河、锡尔河这些被视为沙漠之河代表的河也难逃这样的命运，它们各自在穿越了卡拉库姆沙漠与克孜勒库姆沙漠之后就日渐干涸，衰微得不成样子了。只不过这两条可怜的河在即将消失之前被咸海收留了。

　　然而同为沙漠之河，塔克拉玛干沙漠中的塔里木河便成了唯一的例外。也许是因为这条河大部分都是伏流在地下的，所以河水的流失没那么严重，每回与支流汇合后还会拓宽河面，它就这样一边穿行在沙漠与地下之间，一边卷起滔滔不绝的河水奔向远在盆地以东的罗布泊。

　　我们一直说着河的潜流、河的伏流，不过细细想来，不仅仅是塔里木河，或许整个西域的历史皆是如此吧。西域两千多年的历史几乎都被埋于地下不见天日，我们看到的只是其中小小的一部分，真是一条长长的，长长的地下历史长河啊！

　　在这次旅行中，我还去拜访了高昌故城、交河故城等几处古代遗址。那些遗址究竟是何时，又是因何故被废弃的至今也没个明白的说法。我们所知的不过是这个废墟的存在，而它在悠悠历史长河中的前世今生都将永远被埋入地下。想来更何况是人呢，他的前世今生，他的一切的一切都会深埋地下，不会留下一丝存在过的痕迹了。

那是战前的事了吧，在吐鲁番附近的沙漠里有人发现了一位姑娘写下的残缺信件，那是她写给在撒马尔罕的父亲的。我看着那封信，明白了三件事：这位姑娘是怎样被命运捉弄才来到吐鲁番这样一个偏远之地；在那里，姑娘写下了这封信寄给远隔天山的父亲，而她的父亲永远也见不到这封信了；那位姑娘的一生也将被埋葬于黄沙之下，永远地沉入地下，唯有姑娘为父亲写下那封信时惹人怜爱的一份天真徒留至今。

说到信，我在这次旅行中看到了收藏在乌鲁木齐博物馆里一封未开封的信件。说是信，其实就是木简。缀有文字的木片一个挨一个被细绳接在一起，再用泥封上，封泥上还盖了两个印戳，上面写着收信人的姓名。

数年前，博物馆曾组织考古队挖掘尼雅遗址附近的村子，听说这信就是那时从村中一处大户人家的家里发现的。照现在的话讲，这就是一封正待寄出的信。发现了这样一封信，意味着那户人家刚写完这封信就出了变故。究竟发生了什么事呢？开启这封信一定是件很有趣的事，可现在却只能这样谨慎地搁在那儿，直到博物馆研究出开启它的技术，让它就算被打开也能保持完好无损。

不过，就算我们知道那上面写了什么，恐怕也无法真正了解写下这封信的主人究竟是什么样的人。我们只会知道有一个人给另一个人写了一封信，接着不知发生了何种变故，信就这样一直搁置着，最后与这个家一起沉入了黄沙之下。除此之外，一切的一切皆已烟消云散，无迹可寻了。

　　发现此木简的时候，这个地方又同时挖出了一座夫妻合葬墓。显然，妻子是在丈夫死后殉葬的。那座夫妻墓中的遗体是木乃伊的样子，那女子的脸上留下了痛苦的表情，不知是自己服毒而亡还是因他人而亡。这女子是因残酷的风俗而死，放在她头部旁的小小粉袋里还装着一小块衣物布料，那块布料正是从裹着她丈夫遗体的衣物上取下的。女子一定不想死去，然而却只能以这样的方式来宣告对丈夫的爱情。

　　这里也找不到任何关于这对夫妇生平的蛛丝马迹，所有的一切被埋葬在黄沙之下。唯有一件事，那就是妻子对丈夫的爱，模糊地、拘谨地呈现在人们眼前。

　　不管怎样，西域是个有趣的地方，就像潜流在地下的塔里木河一样。它的历史，还有生活在那里的人们，他们的往事，都一起长眠在那里了。

　　总之，我想去和田河汇入塔里木河的地方看看，这两条不走寻常路的沙漠狂流，它们的交汇处究竟会是什么模样呢？将来若还有机会再来这里，无论如何，我都要踏上那片死亡沙漠，去看一看两河交汇的地方。我在心里又坚定地做出了这个决定。

说到河流的交汇之处，好吧，塔里木河的故事就暂且说到这里，接下来说说汇流地的故事。不知为何，近年来，我总是被两河交汇的地方所吸引。性格完全不同的两条大河，它们的交汇一定充满了魅力。那里奔腾着、闹腾着，时而豪放、时而孤寂，或者时而明快、时而黯淡，真是表情多变的一片水域。

说到豪放，去年秋天，我去了巴基斯坦旅行，在那里能看到印度河，印度河与喀布尔河交汇的地方果真豪迈奔放。即便只是像这样偶然提及，耳边就仿佛回荡起两条大河风格迥异的流水之声，轰轰作响。

那次的巴基斯坦之行有好些想去的地方、想做的事，是一次悠闲的赏玩之旅。我们游历了公元前后的几处佛教遗址，拜访了与世界之谜印度文明颇有渊源的哈拉巴与摩亨佐达罗。我们一行数人，既有学者也有记者，都是熟识的亲友。

那日，我们分乘三辆车，沿着斯瓦特山谷一路南下，越过马拉根德山口，开进了犍陀罗平原。我们在途中顺道参观了两三处佛教遗址，以至于到达犍陀罗平原南部时已是日落西山。

我们从勒内谢里城跨过了喀布尔河，对这条源自阿富汗兴都库什山脉的河，我们有种说不出的亲近感。每回去阿富汗旅行都能邂逅这条河，我敢说我对这条河无所不知，我既知道它从希巴尔河出发时的样子，也见识过它在贾拉拉巴德一带渐渐成长起来，然后带着大河的气势从容流淌的模样。

那时在那里遇见喀布尔河让我觉得有些难以置信。不过，喀布尔河本就是这样的一条河，它贯穿了阿富汗与巴基斯坦交界的山地地带，流入巴基斯坦北部，不久便汇入印度河。如此想来，与这样一条河再次相会在犍陀罗平原也不是什么令人不可思议的事。这时的喀布尔河已是一条河面宽达两百米的大河了，威风凛凛，河水也变得十分混浊，不过这也是在所难免的吧。从兴都库什山脉一路走来，这条路绝不是一条轻松之路，我曾站在希巴尔山口刚刚成形的喀布尔河边，而现在的我不禁感慨，曾经的小溪流终于长大了。

"是在哪里汇入印度河的呢？"我问司机。

"快了快了，还有十分钟就到。"司机答道。

这又是一件意想不到的事，我没料到竟如此简单就来到了两条大河的交汇处。

车子停在两河的汇流处，河床在道路的下方，落差很大，望不到合流的地方。我们只得下到路边，踩着岩石沿着断崖顺势而下，不一会来到了一块大岩石上。印度河、喀布尔河两河交汇时那开阔壮观的景象瞬间就映入了眼帘，它是那样波澜壮阔，甚至让我在一刹那间停止了呼吸。印度河从正对面，也就是自北方向我们奔来，汹涌澎湃。河流形成一个缓坡，仿佛一瞬间从天而降。那股奔流不断冲击着我们所站的断崖崖脚，然后呈直角转了个向，继续向右流走了。

就在印度河转向的地方，喀布尔河从左手边的方向从容不迫地涌来。到底是喀布尔河流入了印度河，还是印度河流入了喀布尔河呢，终是让人难辨究竟，总之两条大河就这样交织在一起了。

我们一边摸索着落脚之处一边一点点继续向下摸索，最后来到一处可以从正面将印度河尽收眼底的大岩石上。印度河的河水是蓝蓝的，喀布尔河的河水是黄浊的，这两条河交汇在一起后就变成一股混浊又宽阔的水流，拖着长长的尾巴朝我们的右手边，也就是向东流去。

我们在大岩石上坐下来，望着两河交汇处那豪迈的景象入了神，久久不愿起身，真是无论看多久都不觉厌倦的景象。缘起于兴都库什山脉的雪溪之水与源自喜马拉雅山脉的冰河之水，双双历经了长途跋涉的旅途之后，终于在这里走到了一起。

那时，一位年轻的人类学家不知在跟谁说着话，他说："这一带位于犍陀罗盆地的最南端，印度河在此处流入溪谷，流向东南方。总之，离开了犍陀罗盆地的印度河并没有就此终结，离开这里的它变成一条沙漠之河了。"

　　听到人类学家的这番话，我不由得掐掉手中的烟站起身来，一个念头突然涌上心头，仿佛那是上天给我的启示。

　　"札兰丁就是在这里渡过印度河的吗？"

　　十年前，我曾被一个叫札兰丁·明布尔努的人所深深吸引，那段时间，我热切地探寻着关于他的种种记载。

　　是叫札兰丁吧，是的，这个名字或许对你们来说有些陌生，他既不是什么大英雄，也算不上胜利者。

　　在成吉思汗的铁骑入侵以前，这里有一个花剌子模国，势力范围横跨西土耳其斯坦、阿富汗、伊朗一带，札兰丁就是这个花剌子模国的国王阿拉乌丁·摩诃末的长子。十三世纪初，因蒙古的入侵，中亚的城邦都化成了一片焦土，国王阿拉乌丁·摩诃末四处流亡，最终死在了里海的孤岛上。亲眼目睹父亲惨死的札兰丁从那一刻起化身成魔鬼，向蒙古复仇的魔鬼。

　　他短暂的一生都在与强大的蒙古军抗争，当然，他的势力远没有强大到能与征服者蒙古铁骑抗衡的程度，但他的排兵布阵堪称天才。他神出鬼没，有时会将蒙古军诱至兴都库什山脉的险要地带，然后将他们全歼在那里。

有一回，札兰丁被成吉思汗率领的主力军追击，逃入北印度地区，数次交锋后最终被逼至印度河畔。那时，他只能集结残部，企图用最后的突袭冲开一条血路，然而却以失败告终。无处可逃的他身后只剩滔滔的印度河水。他卸下胸前的盔甲，骑着马，与马儿一起从二十英尺高的断壁上纵身跃下印度河。两军的战斗仍在身后继续着，身背盾牌，手举军旗的札兰丁踏过混浊的河水奔向对岸。霎时，蒙古军的箭一下子飞射过来，可不一会儿这如雨的箭阵就在成吉思汗的一声令下停住了。眼前这位唯一敢与自己抗争的花剌子模国年轻的国王，他的勇猛与果敢也触到成吉思汗大帝的内心了吧。

我曾在一本书上看到过，札兰丁就这样一边躲避着蒙古军的追击一边退到了德里城一带。

翌年，蒙古军退出了印度，成吉思汗大帝最终没能取得札兰丁的首级，想必这也成了他的一个遗憾吧。

在很长的一段时间里，我都很好奇这位勇猛的武将是在哪里渡过印度河的，不过现在怕也已是无迹可寻了。

然而当我这次站在印度河与喀布尔河的交汇之处，凝望着黄浊的河水激起的漩涡时，我想当年札兰丁会不会就是从这里蹚过印度河的呢？这个念头在一瞬间掠过我的心底，并在心中无限扩大了，毕竟我曾那么热切地追寻过花剌子模国这位年轻国王的故事。

如此一来，眼前这处开阔而豪迈的汇流地，它的表情与姿态在我眼中都变得不同起来。我们站立的大岩石有二三十英尺高，加之眼前的河也绝不是条小河，看起来颇像小规模兵团的渡河之地。这样的地方在印度河的上游地带也找不出几处来。同行的人类学家也说过，出了犍陀罗盆地，与支流交汇的印度河越变越宽，却成了一条沙漠之河。

那次旅行结束后直到今天，有好几回，就在印度河与喀布尔河的交汇之处，我的眼前都浮现出年轻武将渡河的样子，我果然是那样地喜欢他。

故事的结局是札兰丁最后落到当地的无名小卒手里，丢掉了性命，可他短暂的一生真是波澜壮阔啊！后世的史学家中有人说"札兰丁极其勇敢、安静、稳重、寡言"。

可也有人说他"奢侈无度，沉溺歌舞酒宴，常常宿醉不醒"。

还有记载说他"中等身材，不胖不瘦，黝黑的皮肤，容貌酷似土耳其人，母亲是印度人"。

即便有这样的记载，可他的一生或将从此深埋于地下，随着岁月流走了，不会留下任何痕迹。他的人生、他的个性，即便我什么都不知道，我还是喜欢这个人。当时，强大的蒙古铁骑是令人闻风丧胆的魔鬼军队，而他是唯一一个敢与之抗争之人。仅仅是跃过印度河让成吉思汗大帝都为之一震的悲壮之举，就足以让人为之着迷了，你们说呢？

我还想说说另一处两河的交汇之地，这次与之前的不同，是处异常孤独的地方。方才的故事里说到了喀布尔河，阿富汗还有一条河与喀布尔河齐名，它俩双双成了阿富汗之河的代表，那就是昆都士河。昆都士河源自两个地方，一个与喀布尔河一样源自希巴尔山口，另一个虽也兴起于兴都库什山脉，但以萨朗山口为发源地。从这两个山口流出来的两支在兴都库什山脉北麓的杜希城汇合之后，形成一条宽阔的大河，流过阿富汗北部的大草原，然后一路向北，最后在阿富汗边境的昆都士省汇入阿姆河。

在这里，阿姆河化身成一条俄罗斯与阿富汗的分界线，途中又流入俄罗斯境内的卡拉库姆沙漠，在历经了长长的沙漠之旅后，最后汇入咸海。所以，同样是源自兴都库什山脉的河，喀布尔河流入印度河后汇入了印度洋，而昆都士河却流入了阿姆河，最后流进了咸海。

河，就如同人的命运一样，在分水岭的一个小小分歧就能改变整个人生。

喀布尔河与印度河的交汇之处是那样地豪情万丈，可昆都士河与阿姆河交汇的水域却呈现出一片冷清与孤寂之象。即便是这样，它也蕴含着难以让我割舍的东西。我在脑中想象着我喜欢的那位不幸的年轻武将札兰丁也来到了这里。其实这两河的交汇之处曾有一个人……说到这里，我多少有些迟疑了。我知道曾有一个人沐浴在那里的落日余晖之下，我想说说这个人的故事，可我要从何说起呢？姑且就称他为Q·R先生吧，本是真实存在的人，为了不冒犯到他，还是隐去他的本名吧。

第一次亲临阿姆河已是七八年前的事了。我曾在昆都士待了三天，那期间，多亏有边境警备军的朋友从中斡旋，我才得以乘吉普来到阿姆河岸，一个距谢尔汗港的上游大约两百米的地方。

阿姆河河面宽约百米，河水混浊。不管是河那一边的俄罗斯还是河的这一边都是平坦的半沙漠地带，而阿姆河就从中间镇定自若地流过。听那次陪同我的军人说，到了雨季，河水就会溢出来，河面也会变宽两三倍。

之后又过了三四年，我再一次见到了阿姆河。这次在一个大人物的安排下，我们来到他在河港附近经营的一家棉纺公司的分公司，这人也算是阿富汗金融界的大佬或者说是实权派了。我在他分公司的会客室透过窗户就能看见近在咫尺的阿姆河。在那儿品着红茶，看着大型蒸汽船缓缓驶入港口，我才知道这条河跟它的河面是不相称的，宽阔的河面下其实深得很。其实我也见识过阿姆河即将汇入咸海的下游流域，分不清是干流还是支流，数条河流相互保持着一定的距离穿梭在沙漠之中，不禁让人叹息那已经不是阿姆河了。正因为见识过这样的下游风景，我才觉得阿姆河上游那黄浊的河水宛如一条充满活力的青春之河。

归途中，我又请他们开着吉普带我去看了离那里不远的两河交汇之处。

我在汇流处附近下了车，爬上一个小沙丘，望向两河交汇的地方。不可思议的是，昆都士河已没了河的样子，那是一片宽广的水域，让人分不清是河流还是水塘。巧克力色的阿姆河就横卧在那片水域的对面。这样的地方有点像日本的芦苇荡，而那里自然是寸草不生的。我在那里待了二三十分钟，看着夕阳染红了那片无边无际的神奇水域。

翌日，我来到那个棉纺公司设在昆都士城的总公司，拜访了那位社长，感谢因他的安排让我看到了阿姆河。我在楼下的前台等了约三十分钟后，终于被领到了三楼宽敞的会客室。

没多久，进来一位身着白衣，约莫五十岁的人，个子高高的，他就是金融界颇有影响力的一位大人物Q·R先生。

他只是递了烟给我，之后便是一副高傲的姿态。雪白的衣服在这个国家是很少见的，右手戴的金手镯也多少显得有些突兀。他的面部表情倒是很端正，只是我说什么都看不出有任何波澜，让人觉得非常冷淡。

冰淇淋送来了，陪同在旁的讲解兼翻译在我们两人中间口若悬河地说着，仿佛想缓解这种气氛，而Q·R先生与我只沉默地用小勺挖着冰淇淋往嘴里送。

其间，Q·R先生不小心把冰淇淋滴到了裤子上，他会怎么处理呢？我竟变得有些好奇。只见他伸出长长的右手，按下旁边桌上的呼叫铃，于是，一位秘书模样的年轻人走了进来，与他简单交流了两三句后又马上退了出去。这回进来的换成另一位女秘书模样的美丽少女了，那位美丽的少女擦掉了Q·R先生裤子上的污渍，而在整个过程中，Q·R先生始终一动不动。

我的身体不由得变得有些僵硬，我在心里纠结着，难道我就不能让他那能乐面具般的表情有点波动吗？

大约过了三十分钟，我起身告辞。那天，我的眼前老浮现出Q·R先生的样子，我并不讨厌他。他身上好像有种完全漠视他人的骄傲，偶尔看向我的时候，眼神里也充满了毫不妥协的倔强。

翌日，我便离开昆都士返回喀布尔了。归途中，正当我行驶在一草一木都没有荒芜之地时，一辆大型豪车以极快的速度从身后追了上来。

"那是Q·R先生的车。"司机说道。

我不禁去想，果然是他的风格。

这次的阿富汗之旅结束后不久，阿富汗就发生了政变，大概又过了半个月，我听到了关于Q·R先生的消息。政变发生时，他用一把火烧掉了所有在阿富汗各地经营的公司，然后正要在阿姆河与昆都士河的交汇处自杀时被捕了。这些就是我知道的关于他的全部。

那之后到现在又过去了三年，时至今日，我的眼前偶尔仍会浮现出Q·R先生的模样来，他的背后总是燃烧着熊熊烈火，那是他付之一炬的工厂。比起高傲，我更能感受到他的勇气，比起冷漠，我更能感受到他的坚持。

去年秋天，我第三次来到阿富汗。就在不久前，那里才经历了第二次政变，Q·R先生似乎也仍旧没有恢复自由。因为军事管制，无法靠近边境地区，也就是说我无法再靠近阿姆河与昆都士河的交汇之处了吧。即便是可以靠近，一时之间，我竟也没想过要再去那片沐浴在落日余晖下的水域了。

他选择了河的交汇处作为结束自己生命的地方，记得有一回，他的车飞快地超越了我们，这回他是否也像上次那般以极快的车速朝那里飞奔而去了呢？是手枪坏了，抑或是因为翻车了？一定是出于那些意想不到的事，他才最终没能结束自己的生命。

方才我说，我的眼前偶尔会浮现出 Q·R 先生的模样来，而他的工厂在他的身后正熊熊燃烧着。其实浮现在眼前的他还有另外一种模样，那片孤寂的河流交汇处有个沙丘，个子高高的他正站在那个沙丘上沐浴着落日的余晖。或许，在自绝的念想无法实现后，他也曾如此凝望着那片水域吧。不，不是或许，一定是那样的，随着岁月的流逝，我在心里愈加笃定这件事了，就如同我喜欢札兰丁一样，也许我也是喜欢 Q·R 先生的，喜欢这个仅与我有一面之缘的人。

总之，那处河流的交汇地自是一片充满魅力的水域，可它仍是孤寂的，孤寂到历经了 Q·R 先生的悲剧仍无动于衷。

这个故事实在太长了，就说到这里吧。

GO ON ! BOY

七月中旬，有人邀我前往吉尔吉特、罕萨、纳尔噶等巴基斯坦北部的几个地方。这几个地方四周被喀喇昆仑山脉的雪山所包围，离中国边境也已不远了。据说这次旅行大致从八月末到九月要持续两周的时间，而目的地就是近来屡屡见报的喀喇昆仑公路沿线。

　　五世纪初从中国去往北印度的法显，还有百年后与宋云一起去西域游历的惠生，他们都曾走过这条路。七世纪玄奘所撰的《大唐西域记》介绍过吉尔吉特，书中把它称作"钵露罗国"。罕萨与纳尔噶直到数年前还是独立的政权，是名副其实的罕萨王国与纳尔噶王国。这两个地方因几篇游记出了名，被称为长寿国、美人国什么的，总之成了深藏在喀喇昆仑山脉中的一处秘境，世外桃源。现在，如果没有特别的许可是无法踏足那里的，好在有个朋友替我在巴基斯坦的相关部门之间斡旋，听说已经拿到许可了。

　　若是往常，回复一下对方就算应邀了。不巧的是，八月初我原定是要出访中国的新疆地区，大约需要三周的时间，也就是说要到八月下旬才能结束。当然，非要去巴基斯坦的话，时间上也不是不能协调，无非就是变成新疆之旅叠加巴基斯坦之旅罢了。问题是我是否能吃得消新疆之旅后的疲累，况且东京也有几件等着我回去处理的杂事。

最后，我还是决定，结束中国之行后就前往巴基斯坦。下定决心回复对方的时候，我已然踏上了中国之旅，那时我正在新疆之行的起点北京等待着出发。终于，明天就要离开北京飞往新疆维吾尔自治区的乌鲁木齐了，就在那样的时刻我仍然没能放下巴基斯坦之旅。幸而巴基斯坦航空已经开通了东京—北京—拉瓦尔品第这条航线，所以在北京就能直飞巴基斯坦，无需再回东京了。这个多少也减轻了点折腾和疲累。至于等着我回去处理的那些杂事姑且不管就是，虽然不太好，那也没办法了。

一切都照计划进行着。结束了自八月初开始的为期三周的新疆之旅，又在北京修整了三四天后，我登上了去巴基斯坦的飞机。那时，距八月结束也没剩几天了。我跟那些从东京登机前往巴基斯坦的伙伴们在飞机上会合了，一起飞往拉瓦尔品第。一行数人都是很亲近的朋友，其中还有考古学家。

我们在拉瓦尔品第住了一宿后，于翌日清晨乘小型直升机飞往吉尔吉特。这条航线时常停航，若不趁现在飞的话，下次就指不定是什么时候了。飞行时间一共五十五分钟，起飞后大约三分钟就来到山岳地带的上空，没多久就望见那些山峰的山棱尽数覆盖在白雪之下，着实是一幅雄伟壮丽的景象。飞机贴着山脊飞行，仿佛伸手就能触到披着白雪的山棱。喀喇昆仑山脉就是无数雪山群的集结。

　　当冉冉升起的太阳照射到雪山山腰时，飞机也准备下降了，机头陡然朝下，朝着雪山溪流间隐约能看见的小块绿洲之地飞去。吉尔吉特距机场大约有十分钟的车程，坐落在一个盆地之中，盆地四周群山环绕。说是城市，可只有道路两旁的街头集市看着还像个城市的样子，小店一家挨着一家。这里来来往往的男人们头戴克什米尔大檐帽，女人们用布把全身裹得严严实实，两只手还压着布的一角把脸也蒙住了半边。拉着货的驴车、牛车混迹在人群之中，但不可思议的是，这里感受不到其他伊斯兰教城市的喧嚣。会不会是因为这座城坐落在山中呢？城中的任何一处都能望见近在眼前的喀喇昆仑群山，它们将这个盆地团团围住，城中也因此有些昏暗，可也显得端庄娴静。这里的商店无一例外都是石头堆起来的房子，门是木门，大多还涂成了蓝色。不知是不是因为供电不足，商店早早就关门了，太阳一落山，这里的集市就变得悄无声息，安静极了。

　　我们落脚的地方是城边的 Chinar. In. Motel，听说是这里最高档的酒店了，可只住了两个年轻的北欧人，像是登山家，然后就没有其他客人了，宽敞的酒店里冷冷清清。Chinar原是树的名字，这一带长着许多这种树，多到用来当酒店的名字也不奇怪，就连繁华的街道正中也矗立着这种悬铃木。

　　吉尔吉特河从这座城中流过，并在城外五公里远的下游地带与印度河合流了。论宽幅与水量，两条河势均力敌，且河水皆是混浊的浅灰色，让人分不清是吉尔吉特河汇入了印度河还是印度河汇入了吉尔吉特河。这里算是印度河的最上游了，我曾亲临过这河的中游和下游地带，却没见过如此混浊的河水。

　　酒店靠自家的发电机供电，所以灯光微弱，房间的床头还摆着蜡烛。

　　我本想在吉尔吉特待上两三日，且行程也是那样安排的，可最后还是决定先去罕萨和纳尔噶，吉尔吉特待到以后再说。向导说有可能会因落石或山崩而封路，所以得趁能去的时候尽早去才更安全。

　　翌日九点，我们分乘两辆车，直奔一百二十公里开外的罕萨。罕萨是位于罕萨河谷里的一个部落，罕萨河在吉尔吉特城边汇入了吉尔吉特河。说是部落其实也不止一处，长长的罕萨河两岸零零星星地分布着大小数十个部落，造就了曾经的罕萨王国。而穿行在那山谷断壁上的公路不是别的，正是喀喇昆仑公路。

　　罕萨河的河水也呈混浊的浅灰色。听说从喀喇昆仑山脉流下来的河水中含有云母和砂金，所以河水呈白浊之色，然而事实好像并非是那样。或许从冰川流出来的时候还是清澈美丽的，可流着流着就把两岸灰色的沙土带入河中了吧。河面宽五六十米，公路就沿着河的左岸朝着上游的方向逆流而上。放眼四周，全是层峦叠嶂的山峰，雪山处处可见。

　　罕萨河谷两岸的岩山泛着黑色的光，听说喀喇昆仑就是"黑色岩山"的意思，果然这就是喀喇昆仑山脉。这岩山像是用大大小小的黑色岩块堆砌而成，山上寸草不生，山脚下是危险的落石地带。公路就穿过那片落石地带，穿行在断壁的半山腰。

　　河谷也不是全无绿色点缀，倘若从断崖高处俯瞰罕萨河灰色的水流，就能看见河对岸覆盖着一片树林，有悬铃木，有白杨树，岩山脚下还耕营着面积不大的小块庄稼地。岩山的山腰各处分布着数户或数十户农家，房子也是用石头砌起来的，就那样叫人提心吊胆地挂在山腰上。

我们偶尔也会走进那些河岸边的小村落。石垣围着的农地里种着荞麦、玉米什么的。河谷时宽时窄，河谷变宽的时候，罕萨河的河水一边冲刷着白色的河滩一边响起滔滔的流水声。喀喇昆仑公路虽然修整得很好，但行驶在断崖半壁绝不是件令人舒心的事，毕竟路面的宽度只容得下一辆吉普车勉强通过。当我们沿着断壁驶下山来到河边，进了村子以后，才松了一口气。河谷里的村落都不大，可映入眼帘的景象处处充满了生活气息。这里的村落几乎全是挂在岩山坡上的，全靠山坡上那几亩微薄的梯田生活。

　　从吉尔吉特经过约三个半小时的车程后，我们来到罕萨河谷中最大的一处村庄卡里马巴德。果然，开阔的河畔种着一大片庄稼地，一直延伸到身后巨大的山坡前，山坡上星星点点地散落着石头砌成的人家，这就是卡里马德村。这个村落曾是罕萨君主的城堡所在地，也是我们落脚的石头酒店的所在地。

　　这个地方十分出乎我们意料，我们心中的罕萨是世外桃源、长寿之乡那样的地方，可到了罕萨，看到坐落在陡峭岩坡上的村落虽也觉得震撼，却也有些怅然若失，这里实在说不上是适合人类生存的居所。罕萨河谷被喀喇昆仑群山团团围住，从托着村落的岩山与其他岩山之间能清楚地窥见雪白的罕萨峰，南边高耸的拉卡波希峰与它遥遥相望，而绵延在东边的山棱线被白雪所覆盖，就像拖着一条长长的尾巴。我最初看到这一切的时候就想，若是到了夜里，这里该是多么地寂静啊！

落脚的石头酒店在一处小山丘上，仿佛张开的手臂一般，这里是从半山腰的坡地突出去的一块地方。站在那里从旁能将这个星星点点散落着五百户人家的山坡尽收眼底。要俯瞰开阔的罕萨河谷，这里才是唯一的绝佳之地。卡里马巴德村、铺在河畔低地的庄稼、不远处的罕萨河，以及将这一切都团团围住的，那些远的、近的雪山群，都在我的眼前一览无遗了。

在石头酒店小憩了一会，我们走进了山坡上的村子里。这里的每户人家都是用石头砌成的石屋，空地也好，旱田也罢，都用石垣围着。村中的小路自然也是崎岖不平的，有时候伸出去一个长长的缓坡，有时候又是一个陡峭的斜坡。小路靠着断壁的一侧也有石垣挡着，不过这也是难免的，毕竟是在半山坡上筑屋修路。

走在村道上，处处都能看见鸡、驴子还有孩子们的身影，而大人们则坐在路旁，向我们投来好奇的目光。

在这里，每户人家的屋顶无一例外都呈扁平状，上面还晾着杏干。从路旁往坡下一看，处处都能透过茂密的杂木丛窥见晾晒的杏干。正值杏子成熟的季节，就连路旁的许多杏树上也结着红色的果子，除了杏树，还有挂着石榴的石榴树。

这个村落的最高处曾是君主城堡。如今的君主后裔都迁到了低势地带，在那里筑起稀奇又气派的欧式宅邸生活着。曾经的城堡如今已是废弃的模样，踏入堡内，只觉像鬼屋一般。但初建之时，这里应该颇有几分城寨的威风气势，还有个瞭望台。即便如此，照我们日本人的话来说，这就是一处大地主的屋宅吧。

君主城堡的下方不远处有一座清真寺，看起来也已废弃了。这里确实是伊斯兰教徒的聚居地，可却看不到做礼拜的人。也许，这里已经没有那些宗教习俗的牵绊了。

这个村子有三家店铺，卖些土产。说是三家，其实都小得很，开间加起来跟一家差不多宽。局促的店里堆满了杂货，像是村民们的日用品。土特产之类的也不是没有，最多也就两三样，还都蒙着灰尘。听说这一带产宝石，果不其然，店门口的盒子里摆着蓝的、红的像宝石一样的东西，也是满身灰尘。三家店主都是一副爱买不买的冷漠表情，就好像拿一顶克什米尔帽出来都是麻烦了他们。

回到石头酒店，我坐到房前门廊处的椅子上，一直到夕阳西下，就这样与雪山遥遥相对。罕萨尚有许多值得一去的地方，还说要拜访君主后裔的宅邸，只是这一切都得等到以后再说了，明天无论如何要先去纳尔噶。听说纳尔噶河谷因落石或山崩封路的情况远比罕萨更为严重，且喀喇昆仑公路无法通到那里，我们前往纳尔噶河谷的那条必经之路也更加险峻，加之纳尔噶连落脚的地方都没有，必须当天往返。

我为翌日的纳尔噶之行所做的准备就是在石头酒店的门廊前消磨了两个多小时的时光。这里一到六点，太阳就落坡了，消失在村子左手边的山肩处。巨岩之山万籁俱寂，整个村庄归于一片宁静。太阳一落山，白色的雪山倒是更加鲜明起来，风也忽而变得寒气逼人。在白杨树和杂木丛的衬托下，山坡上那村落的白色石壁显得更醒目了。不一会儿，山坡上处处点起了微弱的灯火。只是这万家灯火也是转瞬即逝的吧，听说就连酒店也只从九点开始有半个钟头的亮灯时间而已。除了在枕边搁一个手电，早早就寝以外，似乎再无其他方式度过这漫漫长夜了。浴缸、淋浴自然是不行的，卫生间里流出来的依然是那浅灰色的混浊之水。

我在酒店大厅里看到了罕萨河谷的日暮黄昏之景，然而让我看痴的不仅是那些，还有在这小小的酒店里劳作的人们，他们的衣服上还沾着污渍，而离我坐着的地方不远处，还有几个打着赤条的孩子一直游戏到天黑。于我来说，他们比这罕萨河谷的日暮之景更让我感到兴致盎然。

不论是大人还是孩子，他们看上去实在算不上富足，可他们有着热烈的眼神，有着长长的端正的脸庞，我想这就是罕萨人的样子吧。他们之中有些人的脸庞让我想起古犍陀罗文明中佛像与信徒的样子，真是一张张好看的脸。

罕萨河谷与我们明日要出访的纳尔噶河谷一样，那里的居民不知源于何种人种，通常只称他们为达尔德族。他们信奉伊斯兰教，有自己独特的语言——布鲁沙斯基语。虽然他们被唤作达尔德人，可达尔德一族的祖先究竟是何时又是从何处迁徙到这喀喇昆仑山中的河谷里来的呢？一切都已无从知晓了。是从伊朗或是从阿富汗的瓦罕地区迁移至此的吗？还是说他们就是公元前来此的月氏一族的后裔，再不然就是曾经驻扎在这里的亚历山大大帝某支兵团的后裔？尽管众说纷纭，甚至还有许多传得神乎其神的传说，可终究是不可信。

现在的罕萨河谷里住着约三万五千口人，而纳尔噶河谷里约有三万人。据清代的记载，当时这两处河谷里各自居住的人口不足现在的三分之一，还不到一万人。诚然，这两处河谷里的人自古就过着农耕、畜牧的生活，可我绝不认为他们仅靠这个就能维持生计。有人说他们靠劫掠路过此处的商队来补给生活，也留下了佐证这一史实的古老记载。然而，即便这里曾以劫掠为生，我也不觉得是什么令人惊奇之事，也没有想要谴责他们的意思，毕竟古老的丝绸之路的要冲之地从来不缺劫掠对象。

两个河谷长期以来都是独立的存在，不得不说，这里勉强也算有了独立的行政体系。吉尔吉特姑且不说，若是罕萨或纳尔噶，本就不是其他国家能轻易干涉的。这里是名副其实的与世隔绝之地，是藏在喀喇昆仑山脉深处的秘境。

1930年代，英国人写出了研究罕萨、纳尔噶的著作。书上说，这个被称为达尔德的种族比起印度河流域的其他所有种族头脑都要发达，且性格勤勉机敏，还擅于经商，手工活上也十分有天赋。不过据说他们凡事都自视甚高，充满叛逆精神还好战，最大的缺点就是贪欲。书上写的好像挑不出什么不是来，如果没有勤勉、没有机敏、没有欲望，就无法在这里生存下去，而如果没有自己的骄傲、没有叛逆的精神、没有好战的性格，就无法创造、守护属于自己的这一方天地吧。或许也是因为如此，作为一族的象征，他们在祭礼上高高举起的正是弓与箭。

如今住在这两个河谷里的人们已经被置于巴基斯坦政府的管辖之下，可地处争端频发的克什米尔一角，日子过得或许并不安稳。不管是在印度的地图上还是在巴基斯坦的地图上，这一带的所属都十分模糊。也许将来有一天，这里终会被卷入到历史的洪潮之中。毕竟这里不但与中国接壤，也处在与俄罗斯、阿富汗交界的边境线上。

是的，喀喇昆仑山脉深处有这样两处小小的河谷，生活在里面的人们，他们的脸庞与古犍陀罗文明中佛像与信徒的脸庞是那般地相似。

翌日九点，我们离开了酒店，乘吉普前往纳尔噶。车子开到罕萨河畔，在那里渡桥过河，从罕萨河与纳尔噶河的两河交汇之处驶入了纳尔噶河谷。于是，纳尔噶河出现在了我们的左手边，与罕萨河一样流着浅灰色的混浊河水。我们就这样一直朝它的上游逆流而上。没多久，车子开始绕着右手边的大山盘山而上，这之后，我们一边俯瞰居高临下的纳尔噶河，一边在断壁上行驶着。等再次驶下山行至河畔时，我们已跨过一座吊桥来到了河对岸。这次又开始绕着河岸右侧的岩山向上爬去。就在车子驶到山顶的尽头时，一个柳树与白杨茂密丛生的小山村意外地出现在了眼前。是纳尔噶村，虽然名为纳尔噶，其实就是个小村落。

我们穿过纳尔噶村，继续朝前开向河谷的最深处，直奔纳尔噶河谷尽头的霍普村，那里是这个河谷中最大的一个村子。

车子一会穿行在断崖边，一会又来到河边，穿进河边的一个个小村落里。比起罕萨河谷，这个河谷要低矮许多。罕萨河谷的地势比吉尔吉特低一千米，而纳尔噶河谷比罕萨河谷的地势还要低一千米，正因为这个河谷地势很低，所以河畔有些地方还种着开阔的庄稼地，仿佛是一片悠然自得的田园地带。然而整个溪谷被海拔高达七千米的拉卡波希峰所遮挡，使这里的许多村落缺少阳光的照射。从这一点来讲，朝南的罕萨河谷似乎更能享受到大自然的恩泽，而纳尔噶河谷对于人类的生存来说变成了更大的挑战。旱地里种着玉米、小麦，还有稗子，村子的路旁总有玩耍的孩子们，他们朝我们挥手，我们亦一一回应。

行车途中有一次不得不停了下来，只见路面上铺满了晾晒的杏子，司机大声嚷了几句，于是，老人和妇女们从附近的石屋里走了出来，开始将杏子往路边扫去，司机和我们也加入到了她们的队伍中。

吉普车再次发动了，开到那个小村落的村头时，一位七八岁的少年从车后跳了上来。他踩在车后方的踏板上，车后门是左右对开的折合门，他的两只手就抓在那门的上方。这里的路自然是没修整过的，突出路面的小石子让车身剧烈地摇晃着。我，还有同行的一人都对少年摆手示意，这太过危险了，让他下车。然而那少年只是一味地低着头紧贴着门，没有要下车的意思。没多久，另一个高个儿少年也跳了上来。只是这回，已经没有踏板可以给他落脚了，于是无法站稳的他在努力了五分钟之后，松开了抓着门的手，灵巧地跳下车，落回路边。

　　而之前那位少年一如既往地站在车后，头是绝对不会抬起来的。他执拗地低着头，是不是在想一抬头我们又会让他下车呢。这一路，吉普车穿过了两三个小村落，驶过了断崖，又通过了岩山脚下的落石地带。

　　有一次，车子因某处的路基坏了而停住，只在那会儿，少年才从车上跳下来，当车子很快再次发动时，他又跟着跳了上来。就在那时，我从正面看清了少年的脸，"哎呀"，那一瞬间，我有些吃惊，长得竟有几分像我的孙子孝之，一个五岁的孩子。

　　他们年龄自然是不同的，吉普车少年看起来要年长两三岁。但是，端正的五官、薄薄的嘴唇、热切的眼神，以及只有孩子才有的那种无畏与叛逆，着实如出一辙。

　　当少年察觉到我在注视他，便立刻又像刚才那样低下头去，决计不再抬起来，就连这个都跟孝之一模一样。

　　孝之是我二女儿的孩子，我的二女儿有两个孩子，另一个是博，三岁了。孝之与博虽说是亲兄弟，但从长相到性格都是南辕北辙。孝之看起来聪明伶俐，长得端正，个性也要强。也是因为要强吧，打起架来也是一把好手，就算是跟年纪相仿的表兄弟们打架也几乎没有过败绩。他先是灵活地将对方绊倒，然后再将对方压倒在地，若是眼见要输了就张嘴用咬的。正因为如此，孝之在大人们那里不太受待见。

弟弟博长着一张圆圆的脸，眼角下垂，总是一副笑呵呵的样子，走起路来肩膀一耸一耸的，性格也沉稳大方，是个好孩子的模样。不管是从长相还是从性子来说，这孩子将来的人生或许就是做着一份安稳普通的工作吧。

听说若是带这两个完全不同的孩子出门买东西的话，陌生人搭讪的一定会是哥哥孝之，"好可爱啊""真是个漂亮的小子……"，想来也是人之常情了。

这两个孩子现在去了他们父亲的任地费城，离开日本还不到八个月，从二女儿给我的某封家书里，我明白了一件事，自从去了费城，被夸可爱的、被那些白人女子抱起来的、被抚摸脑袋的这下从孝之变成博了。博那张乖巧的脸变得大受欢迎，与日本不同，孝之那张多少带些反抗精神的脸，似乎在美国少了几分认同感。

自那没过多久，我因为有事拨通了二女儿的电话，接电话的却是孝之。"在那边交上朋友了吗?"我问道。

"嗯，这边的小孩尽是外国人。"

听到这样的回答，我不由得笑了出来。确实，那边的小孩都是外国人吧。又过了没多久，我再次拨通了电话，那次，我问电话那头的二女儿，孩子们最早会说的英语是什么呢?

"具体的也不清楚，不过老听孝之对博说'GO ON开始吧！''GO ON走吧！'之类的，兴许那就是最早会说的英语了，或许是老在幼儿园里听别人对自己这样讲，所以就会了。"

原来是"GO ON"，或许对孩子们来说，这是一定会说到的话，也是他们首先得学会的语言。

就在这次旅行出发的前夜，碰巧接到女儿打来的电话，于是我问了孙子们的近况。

"对了对了，今天发生了件趣事。"二女儿说道。

"孝之在家门口的路上被五六个邻居家的孩子围住了，有白人也有黑人，都不是平常在一起玩的小孩。我想应该是在问孝之叫什么名字，从哪里来之类的。孝之你是知道的，还是跟以前一样什么都不说，就瞪着他们每个人。就在那时，其中一个孩子，像是他们几个的头儿，往孝之的胸口推了一把。我远远地看着孝之，想着他要怎么办呢。只见孝之踉跄后退了两三步，却也没有要溜走的意思，就站定在那里，双手交叉在胸前，目不斜视地盯着他们大喊起来，'COME ON博！''博，快来！'都那种时候了，即便是博，也不得不去了吧。"

听了女儿的话，在身边连孩子都是外国人的异国他乡，孝之一个人在战斗时绝不服输的模样仿佛就在眼前。

孝之就是这样的一个孩子，与那吉普车少年是如此地相似。

结果，少年就这样一路搭车到了我们的目的地霍普村，他至少在吉普车后面贴了三四十分钟。

吉普停在一处台地上，我们在这里可以从右手边俯瞰整个霍普村。少年从吉普上跳下来，站在离车子有些距离的地方注视着我们，好像是在确认我们接下来要做什么。他身上的衣服脏得不成样子，裤脚也破破烂烂的，脚上自然是没穿鞋子的，我们好像都能看到他光着身子的样子了。同行的一人靠近他，想用相机把他的样子记录下来，只见那少年仍是一动不动，连面部表情也看不出有任何波澜。他就这样一眨不眨地盯着我们。那个时候，我又想起了我的孙子孝之，他们是如此地相似。

我们打算找一处能看见冰河的地方，虽然有些放不下那位少年，但还是得离开了。我走出两三步后又回头望了望他，他依然站在那里，脸上挂着同一副表情。只是在我回头的一刹那，不知为何，他笑了，那一瞬间的笑容那么自然，宛若花朵在刹那间的绽放。但只那一瞬，少年又变回最初那桀骜的表情，那表情仿佛在告诉我，他的脸上不会再有那样的笑容了。

我们在台地的一角坐下来，眺望着霍普村四周壮阔的景象。这个被远的、近的雪山重重包围的盆地，因为地质上的断层，形成了高低两个区域。低地是霍普村广阔的庄稼地，覆盖着一片金色的稻田，广阔的稻田之间还零零星星地点缀着几棵白杨和杏树。宽广的稻田那头是几座岩山，它们排列在一起，相互纠缠，其中离我们最近的那座岩山坡上就散落着霍普村数百户石头人家。与罕萨的村落一样，这里亦是坐落在半山腰上的一个村落。云雾缭绕的霍普峰以严肃的姿态立于衬托着霍普村的山坡之上，仿佛正俯瞰着整个村落以及那片金灿灿的稻田。到底谁更险峻呢？不远处披着积雪的喜士帕尔峰仿佛是在跟霍普峰较劲，从山峰与山峰之间露出刀刃般的山棱来。台地与低地之间因为断层形成了一个泾渭分明的界限，这台地是片乌黑的不毛之地，就像地壳表面一样凹凸不平地伸向远方。这里有山丘，有河谷，还能望见一条白色的冰河。徒步到冰河看起来就一两个小时的路程，实则要花上三日。在台地的另一边，木尔坦的雪山群与霍普峰、喜士帕尔峰遥遥相望，在远方展现出男子汉的雄壮英姿。

霍普村说是纳尔噶河谷的村落，其实莫不如说是被孤立在河谷之外的独立村落。可这个村落一扫之前那些村子里的黯淡，在阳光的照耀下是如此明亮。

这个村子曾是纳尔噶王国的君主城堡所在地，城堡如今应该还伫立在那儿吧，只是村子里的人现在过着怎样的生活呢？这里看起来实在不是适合人类生存的地方，每到十一月，就会被一米深的积雪所覆盖，也封住了通往外面世界的路。

不只是这些，霍普村的村头还有一处不可思议的废墟，都是无人居住的废弃房子，怎么看都像是个坟场。实际上它就是个坟场。听说这里是两三年前被洪水冲走的村落遗址，四周还围着两三圈干涸的河道。这干涸的河道就是被当时冲走村落的洪水冲刷出来的。

我们就在俯瞰霍普村的这个台地一角坐了一个小时，之后为了赶路又回到停吉普车的地方，那少年已经不知所踪，也许他就是生活在这里的人吧。吉普车在山谷里沿着来时的路往回开，村子在我们身后渐行渐远。有几次，因为新的落石堵住了去路，吉普车不得不在途中停下来。有一次，我们还下车徒步蹚过了小河。落石压坏了小土桥，除了徒步渡河也别无他法了。那时，我整只脚连带鞋子全踩进了河水里，都湿透了，上车掀起湿漉漉的裤脚一看，小腿上沾着亮晶晶的东西，那是砂金与云母。原来，从喀喇昆仑山脉流出来的河水里真的有砂金与云母。

在下山的路上大约行驶了一个小时，在霍普村的台地上想将少年用相机记录下来的那位同行者发现了少年的身影。这条在断崖半山腰的路，着实险峻，看着都让人头晕。为了给吉普车让道，少年正靠边站着，他的身影显得那么渺小。

也许我们在霍普村的台地上下车离去后，少年就开始沿着来时的路往回走了。我们待在村里的一个小时，他就像这样一直不停地在山谷里的小道上走着。

我示意司机停车，想搭他一程。同行的一人也打开车门向他招手。可那少年只立在路旁一动不动，他看着我们的冷漠表情分明就是赤裸裸的拒绝。

"随你的便吧。"这次是我忿忿地关上了打开的车门。车子又立刻发动了，开出去的那一刻，我朝少年轻轻地抬了抬手，于是他也举起手来，这一次，我感受到了他的纯朴。那个瞬间，我看到他脸上咧开的大大的笑容，那笑容一如在霍普村的台地上绽放出的刹那的花朵，如此天真无邪。这是第二回，我看到了他的笑容。

当天夜里，我在罕萨的石头酒店因寒意醒来两次。第二次醒来的时候，我的眼前浮现出白天看到的那个少年，是他在纳尔噶河谷断崖边的模样。我在心里冲他喊道："喂，小子，一个人一直朝前走吧。"虽然没能喊出口，但心境却是一样的。诚然，如果是生长在纳尔噶河谷里的人们，除了独自勇往直前以外，再无别的出路了吧。或许我想在这里对他说的是孝之最初学会的那句英语，"GO ON! Boy"。小子，就那样勇往直前地走吧！而此刻浮现在眼前的那个少年正走在断崖边的小路上，一直一直这样走下去。

活
着

那是在四五年前，昭和六十年（1985年）的夏天，应中国人民对外友好协会的邀请，我定于八月二十九日从东京出发，前往楼兰遗址参观。这次是继瑞典探险家斯文·赫定访问楼兰后八十余年，首次有外国人出访楼兰。

　　一切已准备就绪，明日就要从成田起飞了，就在这个时候，中国方面来了消息，说想把这次行程调整至来年春天。至于延期原因也不清楚，就这样吧，只能遵从邀请方的安排了。

　　就这样又过去了一年，昭和六十一年的初夏，我再次收到中国方面出访楼兰的邀请。这次当然也是欣然应邀了。不知为何，又是在一切准备就绪即将启程的八月下旬收到了来自中国方面的消息，这回是"无法在盆地降落，只能坐直升机视察"的消息。

　　虽有些遗憾，但也只能取消这次的楼兰之行了。如果不能亲临楼兰，那么为此专门抽出半个月的时间远赴中国边境就显得没有意义了。

　　如此一来，行程便意外地空了出来，加之家人的劝说，我决定在接下来的九月去筑地的肿瘤中心做体检。这一个多月来，我时不时感觉食道堵塞，还会因此去卫生间漱口，家里人似乎对这样的事情特别敏感。

　　我从九月三日开始每天往返医院接受检查，结论就是有可能是食道癌。于是，九月八日，我住进了医院，开始接受正式的诊疗。

　　住院我是头一次，年轻时从军的那段岁月，我曾因生病，在天津的野战医院住过三个月。虽然那时正值秋去冬来之际，大陆的气候每天都在剧烈地变幻着，可我却一身白衣，悠闲地享受着精心的照料。想来，那段日子是我人生当中一段顶好的不可思议的闲暇时光了。

　　这次却不同了，每天都在数个诊疗室之间来回穿梭，接受各种检查，那是些已经不知道经历多少次的注射、抽血、X光，还有伸进喉咙里的内窥镜。

　　虽非出自本意，但最后还是决定，九月二十九日那天，由l·K博士执刀拿掉一直以来每日关照我的，父母赐予我的，食道。

上午九点进入手术室，下午两点三十分手术结束。手术时长五小时三十分，之后便在毫无知觉的状态下被移往无菌ICU病房，夜里十点，我终于从睡眠状态中醒来。

这是哪里？我问身旁的白衣女子。

"手术一切顺利，手术结束后，就把你送到这个无菌集中监护病房来了，不必担心。"那位护士答道。

那时，最先出现在脑海中的就是今晨，目送躺在病床上的我被推进手术室的五位家人。我们之间隔着一个偌大的房间，而浮现在眼前的就是他们在房间那一头的廊下，排成一溜坐着的模样。彼时，我还瞥见一位女眷放在膝盖上的手以极小的幅度颤抖着。在我眼中，那安静的、不想被人发觉的颤抖既是一种鼓励也是一种告别。

我终究没有辜负他们的期望，在经历了漫长的等待之后，到现在，我还像这样活在世上。

活着是活着，可今后要何去何从呢？我的食道没有了吧，那往后会变成什么样子呢？

我仰面躺着，脸上交错着粗大的氧气管。不仅如此，特别是从胸到背的部位，总觉得有许多粗粗细细的管子爬满了上半身。那数根缠绕在身上的或许是将营养剂、止痛麻药，要不就是其他的什么药物输入到体内的管子。这么说来，我的身体里是不是也相应地埋着许多将体内的血液或是废液排出体外的管子呢？

白衣女子时不时过来巡视一圈，不过也就是过来问问话而已。

要我说，被送到这个ICU病房里来的患者就如同忽然降临到月球上的地球人，不知道是不是因为这个，我似乎与这里的医生和护士有了什么心理上的隔阂。他们行走的样子、他们靠近患者病床的样子，还有掀开帘子的样子，都有一种奇怪的机械感，仿佛他们只是生活在无菌空间里的一群特殊男女。

我再次闭上眼睛，在这里除了闭眼躺着以外，也没有其他自处的方式了，既孤独亦安稳。这里真是令人不可思议，合上眼睛就能感受到高挂的星空，广袤无垠，而浩瀚的星空之下躺着一个渺小的我。我闭着眼睛面朝那片星空，可偶尔睁开眼，星空就不见了，于是我又变回了躺在无菌ICU的自己。哦，我这才意识到，原来我正接受着术后的照护。

ICU这个称呼实在有点小题大做了，尽管间隔远了些，但也处处摆放着病床，倒与普通病房并无不同，只是用窗帘似的布帘子大致隔开来了，让我看不清四周的状况，只能时不时地瞧见医生、护士们急促地行走着、忙碌着。可我一点也不觉得这是黯淡的，反而充满了"生命实验室"的光明与希望。

从方才就一直听到右边病床上传来自言自语声，是位外国患者，听不出说的是哪国语言，好像是在祈祷，又好像是在唱圣歌。

他是不是朝躺在隔壁的我倾诉着什么呢？想到这个，我不由得把手伸向枕边的呼叫铃。

护士即刻就过来了，我把按下呼叫铃的缘由说给她听。

"不论左边还是右边，你两侧的病床都是空的，好了，别多想了，快睡吧。"

护士只留下这样一句话就离开了。

是没人的空病床，这个倒出乎我的意料了。既然都说没人了，那就是没人吧。可如果旁边的病床没人的话，那方才的声音是不是从隔着空床的那个病床传来的呢？如果不是的话，那就是我幻听了。

还是不要再去纠结隔壁病床的声音了吧，我必须要快些回到自己真正的世界里去了。

再次合上双眼，我想一个人待着。

别管这儿是什么治疗室，为了让自己能继续躺在这里，我必须回到那个开满紫桐花的小小土窑村落。

于是，数个日日夜夜我都被包围在一片安宁之中，那是已非这个世界的安宁了，而我就躺在那盛放的紫桐花下。

那河不知道叫什么，总之是一条非常非常有名的大河的旁支，旁支下的旁支，然后再下面的旁支，就是这样一条小小的河流从村中流过。可村民们都觉得这河是靠不住的，他们坚信总有一天，这河会消失。

如果河消失了，那么从那一天起，村子就会被抛弃，成为无人居住的空村。如此看来，这就是一处随时会消失的河流支撑起来的随时会消失的村庄。

那个终有一天会消失的村子里，有一片土窑聚居地，正中间横着一个大大的池塘。池边种着好看的桐树，这个季节，所有的桐树都开着紫色的花儿。我就在那紫色的小花下度过了数个日日夜夜，不过这紫色的小花肯定也是"随时会消失"的花。尽管如此，我躺在这个奇妙的、终有一天会消失的村子里，仍然被一种难以言喻的、已非这个世界的安宁紧紧包围着。

我在无菌ICU里躺了四天三晚。那段日子，一到晚上的熄灯时刻，只要合上双眼，我就会被带到那个不知名的会消失的村子里，正值晚春，我躺在池边的桐树下，树上开满了桐花。

然而，翌日早晨，当我睁开眼，我何时回来的？没错，我又变回了躺在ICU的自己。桐树下的村子还是五月天，而这里已是十月初了，秋意正浓。

在ICU的三个夜晚，我每晚都会去到那个"暂时"的村子里，安睡在盛开的桐花之下。之后回想起来，那个会消失的村子会不会是河南以南的一个小城邑呢？它就在淮河的旁支，汝河的支流边上。

我曾在某年的四月探访过那里，那时的我做梦都没想过会有躺在医院里的这天。在那个郊外，我终于知道被盛开的桐花点缀的村落有多么美，有多么能抚慰旅人的内心。我还从村民们的口中得知这个美丽的村落自古因汝河暗流的喜怒无常，历经了几度兴衰，也颇让我感伤。

我在ICU度过了三个夜晚，大概是第二个夜晚吧，我突然有想起身的冲动，是不是在做梦呢？在术后的深度睡眠中，我加入到一支队伍中，那支队伍有许多人，我们一起走到三途川的河畔，又莫名地从那里折返回来。那一定是在做梦。

总之就是这样一个梦，一个生了大病的人在弥留之际走到了三途川的尽头，最后没有渡河回来了。

能回来真是太好了。如果渡过河去就没救了。

我也不知道我是何时加入去三途川的队伍的，那些人看着并非是刻意排成一列，但似乎也遵循着一定的规则。我前面的一群人，看起来像一位体面的中年夫人一家。排在我后面的也是一群人，只是他们一边跟着一边还热闹地摆谈着。而我没有伙伴，一个人罢了。

这支长长的队伍时不时会停下来，然后再继续前行。不知道是第几回停下了。

"喂！前面就是河啦！"

不知谁在我身后大声嚷嚷起来。于是，我身边的好几个人都开始嚷起来："喂！看见了，看见了，三途川！"

然后，队伍又开始动了，没多久又停下了。是因为眼前的三途川吗？队列被打乱了，甚至还有人为了看它脱离了队伍。

队伍再次动起来，虽然过了许久我才意识到，但令我吃惊的是，走着走着，三途川不知何时绕到了我的身后。我又加入到另一支队伍里去了，这支队列正朝着与刚才相反的方向行进。不知怎地就变成这样了。

走在我前面还有后面的人都与之前不同了。这支队伍走到能望见三途川的地方，没有渡河就折返回来了，而我不知何时混进了他们中间。

梦是不是到这里就结束了呢？我怎么都想不起那梦境的结局了。

不久后，我从ICU病房移到了单人病房，这里的病房上挂着"谢绝会面"的牌子。比起术前住的病房，这里多少宽敞了些。

正中间摆放着屏风，里间是病房，外间是陪护家属的休息室，休息室里有小桌子和沙发，可以接待前来探病的客人，到了晚上，陪护家属也可以在这里过夜。

又在这个单人病房躺了约莫十天后，听陪护我的家人说，刚从ICU转到这里来的那天，还有第二天，我说的最多的就是，"来世没有地狱，若说有，一定在人间"。

听到这话，我却一点也想不起来了。自己频频挂在嘴边的这句话，我不是不懂它的含义。诚然，若说真的有地狱，那定然不是在彼岸的世界，而是在我们活着的这个世界。定是在手术室里或是在ICU里浑浑噩噩度过的那数十个小时，让我终于领悟到了这句话的含义。

在手术室或是在ICU里到底发生了什么呢？恐怕这是一生都解不开的谜团了。然而让我感到有趣的是，当我在手术室或ICU里躺着的时候，对人，或者说是对人生的认知在刹那间竟变得清晰起来，说单纯又单纯，说复杂又复杂。

自那又过去了三年，即便到现在，那些认知仍深植于内心，宁静且坚定。"地狱"从来不是在来世，而是在还活着的今生。

我在一个人的病房里，独自仰面躺在病床上，上半身爬满了麻药、营养剂的管子，倒是与在ICU时并无两样。只是这个房间是明亮的，病床四周也没那么局促。同样都是病房，可这里却没有收容、抢救重症病患的ICU里那沉闷压抑的空气。

被送来这里之后，即便到了夜晚，也没有必要再去那个会消失的、开着桐花的村子了。不论是白天还是黑夜，屏风的那头有我的亲人，有陪着我的人，他们全天候地照顾在身侧。这么说或许有些任性了，要我说的话，我宁愿自己一个人待着。只有这样，我的内心才会更自在。

清晨也好，白昼也好，抑或是深夜也罢，只要我躺在床上闭上双眼，总能感受到自己安睡在日暮时分的宁静之中，那种宁静已非世间之物，宛如正躺在哪个村头的河堤之上。

从远处传来市场的喧嚣声，身边仿佛也起了雾气。

"又起雾了，取个毯子来吧。"

我这么一说，家人、陪护的人，不论是谁，只要在身边都会为我取来事先备好的毯子，将病床两边被子折进去的地方用毯子堵得更严实些。那雾气就是从病床左右两侧的缝隙里涌进来的。

对我来说，没有什么休息方式比待在记忆中那个日暮时分的村子里更好了。无论是清晨还是黄昏，就像我方才说的那样，只要合上双眼就能去到那里。

躺在医院的那段日子，我终究没能弄清那个村子究竟是哪儿。直到出院后一个多月，我才意识到那不可思议的到访之地竟是喜马拉雅山脉中海拔高达三千七百米的一个村子，那是落在波迪—科西溪谷一个山坡上的村落，是曾经关照过我的夏尔巴少年的故乡，那就是南池巴札村。

唯一一次进入喜马拉雅山区是在昭和四十六年的秋天。那次，我们先乘小型飞机进入喜马拉雅山区，在卢卡拉组建起一支二十六人的队伍后就出发了。我们一路经过了南池巴札、昆均等村落，它们都是出了名的夏尔巴人村落。我们要去的地方是腾波切寺，我们要在那里与朋友们张罗一场十月的赏月宴。阿玛达布朗峰与康特嘎峰两座雪山在月光下熠熠生辉，那份美妙至今还记忆犹新。

在这次喜马拉雅山的巡游之旅中，夏尔巴少年们帮了我不少忙。他们都是南池巴札村的人。我应他们之邀要去见见他们的双亲，于是，我踏进了海拔三千七百米的，位于陡坡之上的一个石头村落里，并在村子的尽头扎下营来。

躺在肿瘤中心的我拖着术后疲惫不堪的身体不论如何都要去的地方，在那里得到无法言喻的安宁的地方，其实就是这海拔高达三千七百米的，喜马拉雅山中的南池巴札村。

说点题外话吧，十七年前的喜马拉雅山区之旅中，有一位自始至终都陪在我身边的少年Pingeo君，他如今已是世界级的喜马拉雅山向导，活跃在一流的登山队之中，成了名人。得知这个消息就是最近的事，这是出院后，我听到的最开心的事情之一了。

移到单人病房后，一到黄昏就多了件乐事。出了病房，沿着走廊走不了多久有一处"谈话室"，病人都可进去，门口还搁着保温杯、茶碗之类的东西，但无论何时，我都没在那里瞧见过其他病人。

每日一到傍晚，我就会去那个谈话室。室内窗户的正下方就是筑地中央市场的一角。其实，市场最嘈杂热闹的区域都被挡住了，从高处能看到的只有几乎看不到人影的这一角了。

"这个房间能看到市场，离大海也近，不过市场能看到一大片，大海却只能看到一点点。如果是大海能多看到一点点该多好。"

这是第一次领我来这儿的护士长对我说的。不过我一点也不讨厌从窗口俯瞰这个市场，这里一手调配着东京所有的食粮。每天从这里看到的市场，宁静中蕴含着朝气，蕴含着为了活下去不可或缺的努力，就算能看到山，能看到海，我也不觉得这些能被它们所取代。

手术结束大概过了二十多天，医院允许我外出了。于是，女儿陪着我去了一趟离医院只有五分钟的那个市场。只是这回不再是我每天从医院高处的窗口俯瞰到的那个傍晚时分的市场了，这里完全变成了另一副光景。

在东京这一高楼林立的大都市中，仿佛只有每日从医院谈话室的窗口看到的市场是活着的，是有呼吸的，它散发着生气，让我生出难以言表的喜爱。它散发出的某种"生"的气息深深吸引着病中的我，然而如果不是从高处望去就无法感受到它。

夕阳西下的时刻，候鸟列队从这个市场上空飞过。有好几群候鸟排成同样的阵形朝东北方向飞去。果然是候鸟的季节了，好一派祥和安宁的美丽景象，真是怎么看都看不倦，它是美好的"生"的仪式。

从ICU转到单人病房的那天，麻醉科的医生曾问我有没有产生过什么幻觉。我回答他没有。

就在那之后过了三四天，又问了我同样的问题，那时，我正躺在床上，看着眼睛能扫到的挂在右手墙面上的风景画。上面画的不知是瑞士还是哪里的风景，画是用画框裱着的，但我时不时就会觉得那画就要从画框里掉出来了。也不是害怕，就是觉得不喜欢，于是就在那时让护士把画框从墙上摘下来了。

躺在医院里的时候，若说出现过幻觉，也就那一回了。然而出了院仔细想想，也许有一回才是真正的幻觉。

那是已经转到单人病房有十多天了吧，有一次，夜已深了，我走出病房在走廊上转悠，走一圈也就五分钟，权当是散散步，所以没有给护士站打招呼就这样一个人出来了。走廊一侧是一个挨一个的病房，我慢慢地、安静地挪动着步子，我终于从那张病床的束缚中解脱出来了，这是我可以自由行走的片刻时光，仅仅像这样一步步缓缓挪动步子，已让我开心不已。

就在那时，我忽然发现走廊尽头的拐角处站着一位白衣女子，我无法判断她的年龄，她只是静静地站在那里，戴着手背套，缠着绑腿，不知为何就是那么一副朝圣者的打扮。

我慢慢从她的面前经过，就好像从一个异常安静的人面前走过。

然而，当我走到走廊的中间又折返回来的时候，那个人已经不见了，那感觉不是她去了别处，而是就那样凭空消失了，让人顿觉有些毛骨悚然。

之后有两三回，我又在同样的时间走过同一条走廊，可再没遇见过那个女子。关于那个女子，我也问过两三个照料我的护士，还有打扫清洁的阿姨，终是一无所获。

"是幻觉吧。"

是不是就像她们说的那样是幻觉呢？仅有一次的体验，让人有些害怕，却也不是那么令人讨厌。

我出院的那天是十一月六日，但在两天前，我已向护士站提交了外宿申请，并回到了世田谷的家中住了一宿。这么做也是遵照内科S博士的吩咐，先看看家中的疗养生活有没有什么不便之处。

打开久违了的书房窗户，我在窗边的书桌前坐下来，窗外是个不大的院子，一缕缕阳光从杂木丛繁茂的枝叶间透进来，又落到地上，真是美啊！我出神地望着它，注视着它，怎么都不觉得厌倦。它们就像微小的生命碎片，一片片晃动着，摇曳着，互相照耀着，窃窃私语着。

渺小生命的荟萃、渺小生命的模样、渺小生命的绒毯，这世上或许有许许多多的形容，但眼前摇曳在地下的才是最棒的。

渺小生命的乐章，这一脱口而出的词句就是最好的诠释了吧。想到它的瞬间，我自然而然就想到了自己，原来我也想活着。

活到今日，我并非没有过这样的念头，我也曾因活下去的念头而受到触动，然而却不似如今这般，活下去的念想如此纯粹地、自然地走进了我的内心，一边轻轻摇曳着、躁动着，一边安静地驻在心底的某个角落，长长久久地扎根在那里了。

我的生命亦如这洒落的一缕阳光，必会弹奏出只有生命才能弹奏出的乐章，纯粹地、自然地、安宁地、干净地活着。时至今日，我不是没想过要活下去，只是有时劲头十足，有时又变得坦然，时不时还会想，从此便听天由命吧。这么说来，我在这一遭领悟到的"生"是最自然的了。

十一月六日，我从肿瘤中心医院出院了，距九月八日住进来已经过去五十八天。这之后，我每个月还要继续来这里接受几次检查。即便如此，我还是在那时生出了一种解脱感。

要说与住院前比有什么不同了，那就是住院前长在身上的食道如今没有了。我的执刀医生l博士说，

"能保住声带，还能发声，已是你最大的幸运了。就差那么一点点，再迟一点点就无法挽回了。"

就是这样，我最终保住了声带，何其幸运啊！

虽然我因此彻底地失去了食道，不过倒没觉得有什么不

便，只是不能一次吃下太多东西了。于是，我一天要吃上五六顿，除此以外没什么特别的了。

出院后，我首先做的就是整理日记本。九月以后，因为住院种种，日记本就一直是空白的状态，我得在上面添上住院生活的点点滴滴。

就在执笔写日记的时候，我突然发现一件趣事。就在手术当天的九月某日的日记栏里写着"小说《孔子》第一回·截止日"，原来手术那日正好是给《新潮》杂志社交稿的截止日，稿子就是连载《孔子》第一回的原稿。

当然，在决定住院的九月八日之前，我已将《新潮》杂志社的连载延期了，并说好等我出院后再提上日程。

如今真的出院了，《孔子》连载的事也该回到正轨了。不久就是新年了，这一年的上半年调理身体，若是没什么大问题，下半年就继续创作小说《孔子》，总觉得这下清闲不起来了。

没多久，新年到了。我给文艺杂志投了一首词诗，名曰"离别"，诗的开头重复着"再见""再见"两个字。杂志社的编辑是位亲近的人，说这诗听着有些黯淡消极，所以就暂不见刊了。当然，他的这番考量也是为了身为作者的我。

听他这么一说，我重读了这首诗，确实，多少能听出些悲伤孤寂之感。它本是首送别诗，我曾在新疆维吾尔自治区的塔克拉玛干沙漠附近的村子里罕见地邂逅了一大群鸟儿，看样子像候鸟，我目送它们组成数个队列一个接一个飞向远方。

我忆起数年前的那段亲身经历，然后写下了这首诗。人们说它"灰暗"，或许它有灰暗的一面吧。身为作者的我对"离别"二字的执拗都在这字里行间了，那是我与数个鸟群的离别，我与它们终不会再相见。

到了四月，寒气渐渐散去，从那时起我也开始早起了。每天早晨四点起身，等待拂晓时分的第一缕朝阳，再去院子里走走。不管是早晨四点起床还是四点去院子里散步，这些都是我之前的人生当中决计没有过的事情。

在院子里走着走着，白色的蝴蝶飞过来了。两只、三只，你不会知道它们是从何处飞来的，它们飞到我的跟前，轻盈地舞动起来，那是零碎的渺小的生命在翩然起舞。真是难以置信的生命啊。我对蝴蝶这种生物一无所知，我大概既不知道我家的院子里有蝴蝶，也不知道蝴蝶舞动在拂晓时分。

我被蝴蝶吸引着，不禁挪动步子追随着它们，我抛掉了所有的杂念，就一小会儿，一小会儿，让我沉溺其中，让那种纯粹占据我的心。其实我自己一点也不觉得有什么灰暗、晦气的，就连我自己也不过是转瞬即逝的存在吧。

每天早晨追随蝴蝶散步，我把这事写成了一首诗，刊登在同人杂志社的《火焰》上。

刊行之后，我又重读了这首诗，仿佛那已不是翩然起舞的蝴蝶，分明就是我自己。没错，一个渺小的零碎的生命正在翩翩起舞。

与蝶共舞的那段日子里，某一天，我在檐廊下翻开报纸，一个熟悉的名字跃然眼前，名字很是熟悉，就是怎么都想不起来他的模样。这种事不是第一回了，有好几回都是如此。

后来，我还发现有时候是清楚记得那人的长相，却反而记不起他的名字来了。

我终于还是变成了这样，倘若我真的糊涂了……罢了，事到如今也只能如此了。那日，我一整天都在和自己较劲，时不时就会努力地想把那人的名字和脸对应起来。真是奇妙啊，我无法抑制住自己去想那些，正在那时，我盯住某个名字，忽然闪过一个念头，"这人还活在世上吗，还是已经过世了呢？"

我又开始生出这些疑惑来，到了我这八十岁的年纪，就算去想这些也丝毫没什么可奇怪的吧。它的发生就是想以这样的方式向我们预告，人生的，或是人们在晚年的，那种孤独。

那之后，不只是人名，地名也碰上了同样的状况。吉尔吉特、霞慕尼、大吉岭，我在杂志上看到了三处颇有名气的山中小城，都是曾经去过的地方，我看着它们的名字，无论哪一个，都让我生出一种说不上来的怀念之情。然而，我一下子却怎么也记不起那三个山中小城的模样了。尽管，我曾亲自踏足过那些坐落在山里的小城，但关于它们的种种，那一瞬间终究是想不起来了。

一个小时后，我忽然反应过来，吉尔吉特就是那个在郊外有一座巨大摩崖佛像的集落，就是那个生长着许多悬铃木的集落。瞬间，山中小城吉尔吉特的样子迎面铺展开来，与此同时，就好像发生了连锁反应似的，毫不相干的霞慕尼与大吉岭也在我的记忆中苏醒了。

就是这样，人名也好，山名也罢，还有城市的名字，虽然只是有过那么一两次，但为了让它们最初的生气与模样重新在我的记忆中苏醒，多少花费了些我的努力与时间。

这样说来，我今生拥有的所有记忆是不是在这次全部清零了呢？是在手术室里吗，还是躺在ICU的时候？总之在我都不知道的时候，它就这样发生了。那么有一天，它是不是还会再回来呢？能回来该多好啊，只不过回来的路上难免也会走错吧。

总而言之，现在需要一些时间来恢复他们在记忆中的本来面貌了。虽然还不至于让人忧心，但有些事情我是真的忘却了，一件、两件，或许更多吧。

不管是何原因，自己攒下的过往就这样一点点流失掉了，还是因为老了吧，或者说是老去的演习吧。

手术第二年，在妻子与女儿的陪护下，我踏上了欧洲的旅程。我去了瑞士的因特拉肯，在那里一个能看到雪山的酒店里度过了第八十个生日。

我又从那里出发，坐车穿越了大草原，驰骋在去巴黎的路上。路途中，我寻了三个美丽的村庄，它们中间都围着小教堂，我就在那里的小酒店里歇了三宿。

离开巴黎后，我又辗转到了意大利，在威尼斯、佛罗伦萨欣赏了久违的教堂和名画。

我又顺便想去希腊了。想起1960年罗马奥运会的时候，我作为报社特派员曾去过伯罗奔尼撒半岛西南端附近的偏远村落，去那里看奥林匹克圣火的点火仪式。当时并没有这样的感觉，可到了今天，我才意识到那是一场多么刺激又健康的自驾之旅。我多想再去一次啊！可我知道那已经不行了。

这回的欧洲之旅将我深植在内心深处的，连我都不知道的某种空虚与孤独都释放了出来。

这一趟旅途虽然有些牵强，但从这个意义上来说，能来欧洲真是太好了。

从欧洲回来后，在剩下的那半年里，我专心地投入到小说《孔子》的创作中。可是，每天一早，我的眼睛度数就乱了套，我还得从一堆眼镜里找出"今日的眼镜"，那成了我每日洗漱完毕后的第一项工作。

走进书房，在书桌前坐下，然后从数副眼镜中挑选出最适合今日这双眼睛的那副，摆到桌上，它将在那日陪伴我一整天。

自从去年做了胸部手术之后，每天就一直得这样挑选眼镜了，其中也有散光的原因，到现在也没有形成一个固定的度数。

手术以后，我对事物的看法、想法似乎就如同我的眼睛一般，每天都在变化着，有时候觉得索然无味，有时候又充满热忱。

就连每日看报纸也会因那日的心情有不同的感受，有时候仿佛从上面罗列的国际新闻中看到了世界末日的骚动，而有时候看到的只是表演家的把戏，就像一出肥皂剧。

不只是我，肯定每个人都经历过这样的事情，只是我自己多少带着些病态的敏感吧。

当然，创作小说须得避免个人情感的起伏。所以，入夜后我才会取出我的稿纸，夜晚就是最好的下笔时机。医院一度让我停掉夜里的工作，可现在，多少得请他们通融通融了。白天统统都用来查找创作小说所需的文献，只有到了夜里，而且是将近夜半时分，我才能坐到书桌前。

工作就这样推进着，因为出院后立刻投入到《孔子》的创作中，才赶在《新潮》六月那一期刊出了《孔子》第一回。因为是连载，以后每个月都得写下去了，执笔的内容已经确定，剩下的就看自己的身体状况了。

出院两年后，也就是欧洲之旅的第二年，我必须从《孔子》的创作中抽出空来，去两三趟奈良。一则是为了四月的奈良•丝绸之路博览会的开幕式，另一则是为了它在十月的闭幕式，这两次活动我是无论如何都得去的。我既担着奈良博物馆总制作人的头衔，丝绸之路展览厅也是在我的冠名下建造的。

仔细想想，我现在担着的各种各样的工作，迟早有一天都会交到别人手里。听说奈良博物馆收获了意想不到的成功，就连用我名字冠名的丝绸之路展览厅也迎来了众多的参观者。然而，我对奈良展览馆的这一切显得有点无动于衷，将来总会有一个人代替我吧。

为了闭幕式去奈良的时候，有一天深夜，我在酒店醒来，无眠的我坐到窗边的椅子上，就在那时，我忽地生出一个念头，我要出去走走。

是不是因为自己万事都推说病了，所以不知何时就把自己置于一个隐世的状态了呢？现在无论怎么看，我都是在社会中隐世的状态。出院已有两年了，我也彻底与这个世界脱节了。

待在奈良的时候，该出席的聚会，我好像一次都没露过脸。别说是奈良博物馆，就是在东京，对各种晤发来的聘任或邀请，连无故缺席都变得无所谓起来。作家协会、文艺家协会、近代文学馆等等，还有文部省与外务省的相关机构，我对它们只能频频说抱歉了。不光屡次欠下别人的人情，还对此变得无所谓起来。但凡打着宴会名义的聚会，统统恕我无礼了。

这分明就是隐世了嘛。不管是谁，所谓的隐世就是如此吧。人不是主动隐遁才实现隐世的，若是有那样的隐世者，就不是真正的隐世者。

所谓的隐世是当自己有一天有所察觉的时候，已经在不知不觉中完美地与这个世界脱节了，或者说是被脱节了。可即便如此，也不会觉得孤独，不会再去介意，这才是隐世的真谛。

只不过，我虽然意识到自己有隐世的趋势，可在察觉到它的一瞬间，又觉得我有可能会重返俗世。这就是我的感悟。

虽然在病后的疗养中隐世了，可一旦不再有身体上的担忧，我应该会在不知不觉中，遏制住隐世的趋势，再次厚着脸皮回归到社会中，或许我会那样去做的。原本，倘若不是病魔缠身，我身上是不会沾染隐世者的性子的。

只不过不管是从隐遁中脱身，还是要隐遁到底，都得先活着。即便要从此隐世，那隐世之后会有怎样的结局呢？如果不努力活下去也就无从知晓了。

就在意识到自己"隐世"的那个夜晚，我直到拂晓时分才睡去。翌日下午本有个小型聚会，但我仍然决定挤出时间去趟奈良博物馆的会场，确认下那里的善后处理。展会期间，我都没帮上什么忙，至少这后续的处理，我理应亲自去看看。

那天下午是个秋高气爽的晴天，让人心情舒畅。春日野会场、飞火野会场、平城宫迹会场、登大路会场，我坐着车穿梭在一个又一个会场之间，那里因后续的处理工作显得有些混乱。

每到一个现场，我都会下车与正在干活的人们打声招呼，然后就开始奔赴下一个会场。

真是久违了的一次外出，是我术后第一次真正意义上的外出。在会场转了一圈后，便是随心所欲的时光了，我到处转悠，在树丛中、在草丛里、在草坪上，我一会下车走走，一会下车坐坐。

不知不觉，我走上一条通往杂木林的小路，那条路的尽头是草丛，我在那片草丛中坐了下来，远处可以看见平城宫迹会场的一角。这一带是奈良时代"武人们的梦之所在①"。

我在那里坐了十分钟？十五分钟？我好久没有如此了，自手术以来，这是我第一次随心所欲地出来溜达，也是我第一次可以称之为休息的休息。

我在那里翻开从酒店带出来的报纸，两三天都没有看报了，这才知道原来整个欧洲正发生着影响甚广的剧变。不过那也只是发生在遥远的地球那一头的事了。

好吧，该回去了。我摇摇晃晃地想起身，结果一下子杵

_____

① 出自松尾芭蕉的俳句"夏草や兵どもが夢の跡"，意为"如今只剩这繁茂的夏草了，而这里曾经是武士们为了荣耀而奋战的地方，真是往事如梦"。俳句中的武士指的是源义经与其家臣平泉藤原氏一族。

着膝盖了。

这回我缓缓地站起来，可还是没站稳又杵着膝盖了，只觉脚下异常沉重，然而我必须得靠自己这双脚走到停车的地方去，他们正在等我。

我又站了起来，那一瞬间我大声怒喊道：

"放开我！"

仿佛是藏在草丛里的远古的那些武士突然缠住了我。

脚下又开始蹒跚起来，是在草丛中坐得太久，腿麻了的缘故吧。

再次杵着膝盖，又再次起身，依旧摇摇晃晃、踉踉跄跄，那时，我只觉得有好多只武士的手正缠在我的腿上，或许那一刻我的腿是真的被缠住了吧。

不止一只两只，真的有好多只手，定是那些远古的武士，他们背负着刀与梦想，如今却已无处可去。

"放开我！"我挣脱掉身上的数只手，挣扎着想站起来，可脚下却变得愈加沉重，更多的手又爬了上来。

放开我！我强行甩掉他们站了起来，那些纠缠不休的手又扑了上来，我用双手挣开了他们的纠缠。

我走在这夏草丛中，踏着沉重的步伐，当我用最后一大步跨出草丛的时候，我想到的是，啊！我还活着！

从出院到现在已经过去两年了，我又多活了两年，今后我还会活下去吧。我必须活下去。这是我出院之后第一次萌生出活下去的自信，是对"生"的坚信不疑，竟是这般地不可思议。

译后记

　　《日本纪行》出版后没多久，又接到重庆出版社编辑魏老师的来电，这次也是因为井上靖先生的作品，并且是一本合集。有意思的是，这本合集包含了井上靖先生早期和最晚期的数部作品。因此，译者也对这部作品产生了浓厚的兴趣，这位文学家在青年时期与人生最后数年间写下的作品会在风格或笔触上有什么不同呢？

　　译者先着手翻译的是《爱》。昭和二十五年（1950年），作者获得了第二十二届芥川奖，而《爱》里收录的三个小短篇也是在那一年创作的，属于作者的早年作品。同样都是讲述爱情，作者用三段迥然不同的爱情故事去诠释爱这个永恒的主题，刻画出的人物性格各异，在一幕幕最朴实的生活片段中，用最平淡的语言刻画出了人物内心深处的矛盾与复杂。译者也摒弃华丽的语言，试图用生活化的朴实语调去诠释作者对人世间爱的理解，以及在爱情中沉沦、挣扎的人物百态。

相较之下，另一部小说集《石涛》是作者晚年的作品，是在井上靖先生辞世后不久出版的。作者一生留下了270多篇短篇小说，而《石涛》中收录的是井上靖67岁至83岁这十六年间发表的五篇短篇，可以说这部作品就是他晚年最后的短篇集。其中《石涛》讲述了作者与一幅石涛画作的缘分，其他的《河之畔》《火焰》《GO ON！BOY》皆是作者在旅行中的所见所思，看起来与《日本纪行》相似，颇有熟悉的感觉。但细细读来，其实更多的是作者晚年对自己人生旅途中的种种追忆，以及对那些故人的感怀。特别是在《活着》这篇小说里，当作者躺在重症监护室里的时候，总能在午夜梦回，回到那个曾去过的开满桐花的山村，回想起那些曾遇见过的人，让自己在病痛中得到片刻宁静，字里行间虽有种种遗憾，但更多的是对人生中曾邂逅的美好的人与事的憧憬、向往。

《爱》的末章《死·恋·浪》的最后，主人公呐喊出"我要活下去"，那是人在遇见爱情后生出的对"生"的无限向往，而《石涛》中收录的最后一篇文章《活着》中作者说得最多的亦是"我想活下去"，得知井上靖先生在写完这篇小说后一年便与世长辞，我更能感受到作者这篇小说中流露出的对人生最后的无限留恋与不舍。

历时数月，我终于完成了译稿。整个翻译过程本身也是对这部作品全面的、细心的一次精读。我也大致理解了编辑老师为何会将这两部小说集放在一起，或许是想让读者对生命与爱情这两大永恒的人生主题有更深的体会与感悟。而译者亦希望读者在阅读这部作品时能够与我一样看到作者看到的美好风景，走进作者的内心世界，读懂作者对生死的感悟、对爱与生的积极向往。

——郭娜

1907年（明治四十年）

5月6日，出生于北海道上川郡旭川町，父亲井上隼雄，母亲八重，井上靖为二人的长子。

祖父井上洁。井上家是伊豆汤岛的医生世家。母亲八重是家中的长女。父亲隼雄为井上家赘婿。

1908年（明治四十一年）　1岁

父亲井上隼雄出征前往朝鲜，井上靖同母亲搬至伊豆汤岛。

1909年（明治四十二年）　2岁

因父亲调动工作，迁居至静冈市。

1910年（明治四十三年）　3岁

9月，妹妹出生，和母亲一起搬至汤岛。

1912年（明治四十五年） 5岁

父母离开汤岛,将井上靖交由其户籍上的祖母加乃抚养。加乃是已故的祖父井上洁的小妾,此时已入籍井上家,在法律上是井上靖的祖母,平时独居于仓库中。井上靖与加乃的感情十分深厚。

1914年（大正三年） 7岁

4月,入读汤岛寻常高等小学。

1915年（大正四年） 8岁

9月,曾祖母阿弘去世。

1920年（大正九年） 13岁

1月,祖母加乃去世。2月,来到父亲的任地滨松,和父母一起生活。转学至滨松寻常高等小学。4月,入读滨松师范附属小学高等科。

1921年（大正十年） 14岁

4月,以第一名的成绩考入静冈县立滨松中学,担任班长。同年,父亲前往中国东北工作。

1922年（大正十一年） 15岁

3月,因为父亲被内定为台湾卫戍医院院长,所以寄居于三岛町的姨妈家中。4月,转学至静冈县立沼津中学。

1924年（大正十三年） 17岁

4月,因家人全都去了台湾的父亲身边,所以被托付给三岛的亲戚照顾。夏天,旅行去台北看望父母亲。此时,受老师和友人的影响,开始对诗歌、小说等产生兴趣。

1925年（大正十四年） 18岁
学校发生了学生闹事事件,被认为是带头闹事者之一,被强制搬入了附近的农家,处于老师的监视之下。

1926年（大正十五年·昭和元年） 19岁
2月,在沼津中学《学友会会报》上发表短歌《湿衣》九首。3月,从沼津中学毕业。前往台北的家人身边,但因父亲调任,又搬家至金泽,为高中入学考试做准备。

1927年（昭和二年） 20岁
4月,入读金泽第四高中理科甲类。加入柔道部。同年,征兵检查甲种合格。

1928年（昭和三年） 21岁
5月,应召加入静冈第三四联队,但因为在柔道活动中肋骨骨折,退伍回家。7月,参加在京都举行的柔道高中校际比赛,进入半决赛。8月,拜访住在京都的远亲足立文太郎,初见其长女足立文。从这一时期开始创作诗歌。

1929年（昭和四年） 22岁
2月,在诗歌杂志《日本海诗人》上发表《冬天来临之日》。此后,到1930年年底为止,一直在该杂志上发表诗歌。4月,担任柔道部的队长,但不久便退出了柔道部。5月,加入由福田正夫主办的诗歌杂志《焰》,到1933年5月左右为止,一直在该杂志上发表诗歌。同时还活跃于《高冈新报》、《宣言》(内野健儿主办的无产阶级诗歌杂志)、《北冠》等刊物上。

1930年（昭和五年） 23岁

3月,从四高毕业。4月,入读九州帝国大学法文学部英文科,搬至福冈,但是不久就对大学生活失去了兴趣,前往东京,醉心于文学。从9月开始,放弃使用笔名井上泰,改为自己的本名。10月,从九州帝国大学退学。12月,在弘前,与白户郁之助等人一起创办同人杂志《文学abc》。

1931年（昭和六年） 24岁

3月,父亲在军医监(少将)的职位上退休,在金泽住了一段时间之后,退隐于伊豆汤岛。

1932年（昭和七年） 25岁

1月,杂志《新青年》上征集平林初之辅的未完遗作——侦探小说《谜一般的女人》的续集,以冬木荒之介的笔名参加征集并入选。此后,不断参加《侦探趣味》《SUNDAY每日》等主办的有奖小说征集活动并入选。2月,应召入伍,半个月后退伍。4月,入读京都帝国大学文学部哲学科,但是基本不去听课。从同年夏天开始,诗风发生改变,从分行诗转向散文诗。

1933年（昭和八年） 26岁

9月,以泽木信乃为笔名,小说《三原山晴夫》参加《SUNDAY每日》的"大众文艺"征集活动,被选为优秀作品。11月,《三原山晴夫》被大阪的剧团"享乐列车"改编成剧目并上演。

1934年（昭和九年） 27岁

3月，以泽木信乃为笔名，参与《SUNDAY每日》的"大众文艺"征集活动，小说《初恋物语》当选。4月，以大学在读的身份加入新成立的电影社脚本部，往返于京都和东京之间。

1935年（昭和十年） 28岁

6月，在《新剧坛》创刊号上发表首部戏曲创作《明治之月》。8月，与友人创办诗歌杂志《圣餐》。10月，以本名参加《SUNDAY每日》的"大众文艺"征集活动，侦探小说《红庄的恶魔们》当选。《明治之月》在新桥舞剧场上演。11月，与足立文结婚。

1936年（昭和十一年） 29岁

3月，从京都帝国大学文学部哲学科毕业。7月，参加《SUNDAY每日》的"长篇大众文艺"征集活动，《流转》当选为历史小说第一名，并获第一届千叶龟雄奖。以此获奖为契机，8月就职于每日新闻大阪总部。在《SUNDAY每日》编辑部工作。10月，长女几世出生。

1937年（昭和十二年） 30岁

6月，成为学艺部直属职员。9月，应召为中日战争候补人员。《流转》被松竹公司拍成电影。被编入名古屋第三师团派往中国北部，11月，患上脚气病，被送进野战预备医院。

1938年（昭和十三年） 31岁

3月，因病提前退伍。4月，回到每日新闻大阪总部学艺部工作。负责宗教栏目。10月，次女加代出生，但不久就夭折了。

1939年（昭和十四年） 32岁

除宗教栏目外,开始同时负责美术栏目。专注于对佛典、佛教美术等相关内容的取材。

1940年（昭和十五年） 33岁

与安西东卫、竹中郁、小野十三郎、伊东静雄、杉山平一等诗人交往。9月,因职务调整,转至文化部工作。12月,长子修一出生。

1942年（昭和十七年）35岁

在从事出版社工作的同时,还在京都帝国大学研究生院进行研究活动。

1943年（昭和十八年） 36岁

1月,《大阪每日新闻》与《东京日日新闻》合并,成立《每日新闻》。4月,与浦上五六合著的《现代先觉者传》发行,所用笔名为浦井靖六。10月,次子卓也出生。

1945年（昭和二十年） 38岁

1月,成为每日新闻社参事。因为学艺栏被裁掉,4月,调动到社会部工作。岳父足立文太郎去世。5月,三女佳子出生。6月,家人被疏散到鸟取县。每天从大阪茨木出发去上班。8月15日,撰写终战文章《听完玉音广播之后》。12月,将家人托付给妻子娘家足立家照顾。

1946年（昭和二十一年） 39岁

1月,就任大阪总社文化部副部长。再次开始诗歌创作。

1947年（昭和二十二年） 40岁

以井上承也为笔名,参加《人间》第一届新人小说征集活动,9月,小说《斗牛》在当选作品空缺的情况下,入选优秀作品。4月,兼任大阪总社评论员。8月,家人迁居至汤岛。

1948年（昭和二十三年） 41岁

1月,完成小说《猎枪》的创作,参加了《人间》第二届新人小说征集活动,但没有入选。2月,协助竹中郁等人创办诗歌童话杂志《麒麟》,负责挑选诗歌。4月,任东京总社出版局书籍部副部长,独自一人前往东京,暂居于葛饰区奥户新町妙法寺。

1949年（昭和二十四年） 42岁

10月、12月,接连在《文学界》上发表《猎枪》《斗牛》。

1950年（昭和二十五年） 43岁

2月,《斗牛》获第22届芥川文学奖。3月,就任东京总社出版局代理负责人,专注于创作。4月,在《新潮》上发表短篇小说《漆胡樽》。5月开始在《夕刊新大阪》上连载第一部报刊小说《那个人的名字无法说出》。7月,长篇小说《黯潮》开始在《文艺春秋》上连载。8月,《井上靖诗抄》发表于《日本未来派》。

1951年（昭和二十六年） 44岁

1月,开始在《新潮》上连载长篇小说《白牙》(至5月)。5月,从每日新闻社辞职,成为社友。专心从事文学创作。8月,开始在《SUNDAY每日》上连载《战国无赖》,在《文艺春秋》上发表《玉碗记》。10月,在《新潮》上发表《某伪作家的一生》。

1952年（昭和二十七年）　45岁

1月，开始在《妇人画报》上连载《青衣人》(至同年12月)。7月，开始在《新潮》上连载《黑暗平原》。

1953年（昭和二十八年）　46岁

1月，开始在《ALL读物》上连载《罗汉柏物语》。5月，开始在《周刊朝日》上连载《昨天和明天之间》。7月，在《群像》上发表《异域之人》。10月，开始在《小说新潮》上连载《风林火山》。12月，在《别册文艺春秋》上发表《古道尔先生的手套》。

1954年（昭和二十九年）　47岁

3月，开始在《朝日新闻》上连载《明日将至之人》，在《群像》上发表《信松尼记》，在《中央公论》上发表《僧行贺之泪》。

1955年（昭和三十年）　48岁

1月，在《文艺春秋》上发表《弃媪》。从昭和二十九年度下半期（第32届）开始担任芥川文学奖的选考委员。8月，开始在《别册文艺春秋》上连载《淀殿日记》(后改名为《淀君日记》)，开始在《小说新潮》上连载《真田军记》。9月，开始在《每日新闻》上连载《涨潮》。10月，由新潮社出版新著长篇小说《黑蝶》。

1956年（昭和三十一年）　49岁

1月，开始在《新潮》上连载长篇小说《射程》。11月，开始在《朝日新闻》上连载《冰壁》。

1957年（昭和三十二年）　50岁

3月，开始在《中央公论》上连载《天平之甍》。10月，开始在《周刊读卖》上连载《海峡》。正在连载的《冰壁》引起了社会热议,成为畅销书。10月末,开始了首次中国之旅,为期近一个月。

1958年 (昭和三十三年) 51岁
2月,凭借《天平之甍》获艺术选奖文部大臣奖。3月,在《中央公论》上发表《满月》。5月,在《世界》上发表《幽鬼》。7月,在《文艺春秋》上发表《楼兰》。10月,在《群像》上发表《平蜘蛛釜》。

1959年(昭和三十四年) 52岁
1月,开始在《群像》上连载《敦煌》。2月,凭借《冰壁》等作品获日本艺术院奖。5月,父亲井上隼雄去世。7月,在《声》上发表《洪水》。10月,开始在《文艺春秋》上连载《苍狼》,在《朝日新闻》上连载《漩涡》。

1960年(昭和三十五年) 53岁
1月,开始在《主妇之友》上连载《雪虫》。7月,受每日新闻社派遣前往罗马奥运会采风,周游欧美各国,11月末回国。《敦煌》《楼兰》获每日艺术大奖。

1961年 (昭和三十六年) 54岁
1月,与大冈升平就《苍狼》产生论争。在《东京新闻》晚报等连载《悬崖》。6月末开始进行为期约半个月的访华。10月开始在《周刊朝日》上连载《忧愁平野》。12月,《淀君日记》获野间文艺奖。

1962年(昭和三十七年) 55岁
7月,开始在《每日新闻》上连载《城砦》。

1963年（昭和三十八年） 56岁

2月,开始在《妇人公论》上连载《杨贵妃传》,在《ALL读物》上发表《明妃曲》。4月,为创作《风涛》,前往韩国进行为期约一周的采风。6月,在《文艺》上发表《宦者中行说》。8月,开始在《群像》上连载《风涛》。9月末开始,进行为期约一个月的访华。

1964年（昭和三十九年） 57岁

1月,成为日本艺术院会员。2月,《风涛》获读卖文学奖。5月,为创作《海神》,前往美国进行为期约两个月的旅行采风。9月,开始在《产经新闻》上连载《夏草冬涛》。10月,开始在《展望》上连载《后白河院》。

1965年（昭和四十年） 58岁

5月,在苏联境内的中亚地区进行了为期约一个月的旅行。11月,开始在《朝日新闻》上连载《化石》。

1966年（昭和四十一年） 59岁

1月,分别开始在《文艺春秋》上连载《俄罗斯国醉梦谭》,在《世界》上连载《海神（第一部）》,在《太阳》上连载《西域之旅》。

1967年（昭和四十二年） 60岁

6月,开始在《每日新闻》晚报上连载《夜之声》。夏,受夏威夷大学邀请担任夏季研究班讲师,前往夏威夷旅行。诗集《运河》刊行。

1968年（昭和四十三年） 61岁

1月,开始在《SUNDAY每日》上连载《额田女王》。5月,前往苏联进行为期约一个半月的旅行,为《俄罗斯国醉梦谭》采风。10月,《西域物语》开始在《朝日新闻》周日版连载。12月,《北之海》开始在《东京新闻》等刊物连载。

1969年（昭和四十四年）　62岁
1月,分别开始在《世界》上连载《海神(第二部)》,在《太阳》上连载《西域纪行》。4月,就任日本文艺家协会理事长。《俄罗斯国醉梦谭》获新潮日本文学大奖。7月,在《海》上发表《圣者》。8月,在《群像》上发表《月之光》。

1970年（昭和四十五年）　63岁
1月,开始在《日本经济新闻》上连载《榉木》。9月,开始在《读卖新闻》上连载《方形船》。

1971年（昭和四十六年）　64岁
1月,开始在《文艺春秋》上连载美术游记《与美丽邂逅》。3月,前往美国进行约两周的旅行,为《海神》采风。5月,开始在《朝日新闻》上连载《星与祭》。诗集《季节》刊行。

1972年（昭和四十七年）　65岁
9月,开始在《每日新闻》晚报上连载《幼年时光》。由每日新闻社主办的"井上靖文学展"举行。10月,开始在《世界》上连载《海神(第三部)》。新潮社版《井上靖小说全集》(共32卷)开始出版发行。

1973年（昭和四十八年）　66岁
5月,前往阿富汗、伊朗等地进行为期约一个月的旅行。11月,母亲八重去世。沼津骏河平开设井上文学馆。

1974年（昭和四十九年） 67岁

1月,开始在《文艺春秋》上连载游记《亚历山大之道》。开始在《每日新闻》周日版上连载随笔《一期一会》。9月末开始为期约两周的访华。

1975年（昭和五十年） 68岁

5月,作为访华作家代表团团长,在中国进行了为期约20天的旅行。

1976年（昭和五十一年） 69岁

2月,前往欧洲进行为期约一周的旅行。6月,前往韩国进行为期约10天的旅行。11月,获文化勋章。进行为期约两周的访华。诗集《远征路》刊行。

1977年（昭和五十二年） 70岁

3月,用约10天的时间历访埃及、伊拉克等地。8月,进行为期约20天的访华,前往新疆维吾尔自治区。11月,开始在《每日新闻》上连载《流沙》。

1978年（昭和五十三年） 71岁

1月,开始在《文艺春秋》上连载《我的西域纪行》。5月至6月间访华,首次到访敦煌。

1979年（昭和五十四年） 72岁

3月,每日新闻社主办的"敦煌——壁画艺术与井上靖的诗情展"在大丸东京店等地举行。从夏到秋,跟随电影《天平之甍》摄影组、NHK丝绸之路采访组等多次前往中国等地旅行。

1980年（昭和五十五年） 73岁
3月，和平山郁夫一起参观印度尼西亚婆罗浮屠遗址。4月末开始，和NHK丝绸之路采访组一起行走于西域各地。6月，任日中文化交流协会会长。8月，访华。10月，和NHK丝绸之路采访组一起获菊池宽奖。获佛教传道文化奖。

1981年（昭和五十六年） 74岁
1月，开始在《群像》上连载《本觉坊遗文》。4月，开始在《太阳》上连载随笔《站在河岸边》。5月，任日本笔会会长。9月末，在夫人的陪伴下前往中国旅行，为创作《孔子》采风。10月，就任日本近代文学馆名誉馆长。获放送文化奖。

1982年（昭和五十七年） 75岁
5月，《本觉坊遗文》获新潮日本文学大奖。5月末、11月末、12月末到次年初，三次前往中国旅行。出席巴黎日法文化会议。

1983年（昭和五十八年） 76岁
6月（两次）和12月访华。

1984年（昭和五十九年） 77岁
1月至5月，由每日新闻社主办的展览"与美丽邂逅 井上靖 无法忘却的艺术家们"在横滨高岛屋等地举行。5月，作为运营委员长主持国际笔会东京大会。11月，访华。

1985年（昭和六十年） 78岁

1月,获朝日奖。6月,在夫人的陪伴下,和《俄罗斯国醉梦谭》摄影组一起访问苏联。10月,访华。

1986年（昭和六十一年） 79岁

4月,访华,被授予北京大学名誉博士称号。9月,因食道癌在国立癌症中心住院,接受手术治疗。

1987年（昭和六十二年） 80岁

5月,在夫人的陪伴下前往法国,并游历欧洲各地。6月,开始在《新潮》上连载最后的长篇小说《孔子》。10月,访华。

1988年（昭和六十三年） 81岁

5月,前往中国进行为期10天的旅行,访问孔子的家乡曲阜,为创作《孔子》采风。这是他第27次中国之行,也是最后一次。诗集《旁观者》刊行。

1989年（昭和六十四年·平成元年） 82岁

12月,《孔子》获野间文艺奖。

1991年（平成三年） 84岁

1月29日,在国立癌症中心去世。2月20日,在青山斋场举行葬礼,戒名:峰云院文华法德日靖居士。